L'ANNÉE DU DÉLUGE

DU MÊME AUTEUR

Le Mystère de la crypte ensorcelée
Seuil, 1982
et « Points Roman », n° R324

Le Labyrinthe aux olives
Seuil, 1985
et « Points Roman », n° R380

La Vérité sur l'affaire Savolta
Flammarion, 1987
Seuil, « Points Roman », n° R477

La Ville des prodiges
Seuil, 1988
et « Points », n° P46

L'Ile enchantée
Seuil, 1991
et « Points Roman », n° R597

Sans nouvelles de Gurb
Seuil, « Point-Virgule », 1994

Eduardo Mendoza

L'ANNÉE DU DÉLUGE

ROMAN

Traduit de l'espagnol
par François Maspero

Éditions du Seuil

TEXTE INTÉGRAL

TITRE ORIGINAL
El año del diluvio

ÉDITEUR ORIGINAL
Seix Barral, Barcelone

ISBN original : 84-339-0665-2

ISBN 2-02-023834-9
(ISBN 2-02-18412-5, 1re publication)

PRÉSENTATION
PAR ALBERT BENSOUSSAN

Il est des livres que l'on parcourt d'une traite, emportés par le torrent narratif ; il en est d'autres qui gravitent plus lentement et donnent à l'esprit des motifs ou d'émouvoir ou d'espérer, voire tout simplement de plaisantes raisons d'entretenir l'instant ; pour cela ils tiennent en haleine d'une façon si particulière qu'ils exigent une suspension de lecture. Pas trop vite, se dit-on, en muselant un pas hâtif, le plaisir réclame plus de lenteur et d'attente. Eduardo Mendoza est de ces magiciens qui se plaisent à nous faire languir et à éveiller chez le lecteur une délectable patience. Au détour d'un chapitre où tout peut arriver – et où tout arrivera –, on se surprend à fermer le livre et à se dire : ce plaisir-là est trop précieux, on le retarde, on se le garde pour une meilleure bouche. *L'Année du déluge* réclame cette promesse d'un plaisir lentement savouré.

On sait l'auteur familier du genre parodique, que ce soit dans ce roman-feuilleton que fut *La Vérité sur l'affaire Savolta,* ou dans ces intrigues policières désopilantes que sont *Le Mystère de la crypte ensorcelée* et *Le Labyrinthe aux olives. La Ville des prodiges,* pour sa part, peut passer pour un savoureux pastiche du roman affairiste et populiste dont la Catalogne du XIXe siècle, à travers *La Fièvre de l'or,* de Narcís Oller, était friande. Avec *L'Année du déluge,* Eduardo Mendoza réincarne en souriant deux images littéraires, celle de don Juan et celle de

La Religieuse portugaise. Vraiment, mettre en contact le séducteur de toutes les femmes et une femme qui a sacrifié toute féminité en se vouant au service du Seigneur, voilà un beau pari et qui est ici magnifiquement tenu.

Mais le pari, c'est d'abord celui de ce séducteur né, Augusto Aixelà de Collbató, cacique de San Ubaldo de Bassora – un toponyme assez faux pour aspirer au mythe –, à un jet de pierre de Barcelone, propriétaire terrien et grand amateur de chasse en tout genre – lapins, perdrix...et surtout femmes. Il s'est juré de les avoir toutes, et particulièrement sœur Consuelo : « une religieuse : Il ne pouvait pas laisser passer une pièce aussi rare ». Or, l'ambiguïté de la situation vient de la démarche même de la bonne sœur – supérieure d'une congrégation – qui va vers cet homme-là, d'abord pour réclamer son aide – le financement de l'hospice de vieillards de Bassora – et qui est séduite aussitôt par la fringante allure de cet homme déjà mûr, qui a tout connu de la vie et de l'amour, et dont on se rappelle encore la fière allure en uniforme de la Phalange, entrant dans Bassora libérée avec les troupes nationalistes de Franco.

Donner ses sous quand on est noble et riche, a-t-on jamais rien vu de tel dans l'Espagne franquiste ? Le récit se situe dans les années cinquante, toutes pleines encore des relents et des misères de la guerre civile. Don Juan, certes, est dans le camp des vainqueurs. Il va, donc, faire croire, en bon gentilhomme espagnol, qu'il fera jouer ses appuis madrilènes auprès du ministère qui assurera la rénovation de l'hospice. Et la supérieure de le croire et de lui témoigner reconnaissance. Mais ce ne sont pas les arguments de la raison qui vont pousser ces deux êtres dans une folle liaison. Il se produit un cataclysme, comme en raffole le roman populiste : après un été de longue sécheresse et torride comme on n'en vit jamais, voilà soudain l'inondation diluvienne et les pluies torrentielles qui transforment la région en bourbier. Voilà le cacique et la religieuse en conversation « d'affaires » au jardin de la demeure seigneuriale, surpris et trempés par la pluie, forcés de fuir vers la maison et de se réchauffer par des gestes, maladroits chez la jeune femme, précis et étudiés chez le séducteur. Le lendemain elle se donnera à lui sur un canapé de cuir dont elle reverra plus tard la tache infamante. Et voilà pour le premier acte, mené tambour battant et dans la meilleure tradition de style du roman-feuilleton.

Au deuxième temps du récit, les bandits cachés dans la montagne font irruption. Alors que la religieuse s'apprête à rejoindre la nuit son amant, elle est interrompue dans sa course par des émissaires du plus grand des rebelles montagnards. Celui-ci s'inscrit dans la lignée des bandits catalans dont Cervantès sut nous brosser l'étonnant portrait avec le Roque Guinart de son *Don Quichotte*. N'est-ce pas dans ce livre qu'on reconnaissait aux multiples gibets dressés à l'entrée l'orgueilleuse cité de Barcelone ? Les bandits de Mendoza portent des noms truculents, ainsi du célèbre Merdefrite, de la Bombe ou du Saute-trains. Celui qui nous occupe ici est, lui, un homme de cœur, un véritable rebelle contre l'ordre franquiste établi, rappelant, peut-être, dans l'esprit de l'auteur, ces maquisards de la montagne catalane au lendemain de la victoire du Caudillo, en tout cas un anarchiste qui n'a de sentiments que pour sa vieille maman, un révolté contre « un système qui récompense les hypocrites et condamne les désespérés ». C'est pourquoi la garde civile, alertée par le félon Aixelà, a réussi à lui tendre une embuscade et à le blesser, et voilà la religieuse appelée à son chevet et découvrant un homme à la jambe gangrenée qui lui déclare, à mots couverts, son amour, d'un autre aloi, certes, et combien plus authentique. C'est lui qui fera don – anonymement – des deux millions de pesetas qui remettront sur pied l'hospice de vieillards. Mais la rumeur publique en attribuera le bénéfice – il est vrai qu'on ne prête qu'aux riches – à cet Aixelà qui, sitôt la religieuse partie porter secours en infirmière, prend la poudre d'escampette et disparaît à tout jamais de son horizon.

Mais pas de son cœur. Au troisième et dernier acte, en effet, la passion poussera ses cris rauques dans la poitrine fanée de la religieuse. Une ultime lettre d'amour – bien d'autres, aussi passionnées, parsèment ce surprenant récit – laissera parler sa fièvre et sa tendresse « dans le chaud souvenir de l'unique moment d'intimité qui m'ait été concédé en ce monde ». Oui, la fin est grave, car il s'agit, au-delà du propos parodique ou simplement ludique, d'exprimer la passion. Nul doute que le lecteur saura suivre l'écrivain dans les méandres du désir et de la mélancolie. Lui qui est né en 1943 garde, peut-être, de son enfance barcelonaise cette impression de monde qui se fige ou se craquelle pour mieux laisser exploser en glauques turbulences la gangue des rancœurs ou des refoulements. En définitive, dans ce monde où « les hommes ne méritent ni paix ni miséricorde, et Dieu non plus », l'essentiel n'est-il pas de vivre la passion du moment ? Un bel amour, dans les bras d'un don Juan professionnel, puis toute la chevalerie d'un bandit d'honneur, pour finir, après les multiples errances d'une vie pleine de danger – la sœur échappera de peu au peloton d'exécution –, dans la sainteté d'une œuvre pieuse où la religieuse se réconcilie avec le Seigneur sans rien renier des cendres de son cœur.

C'est là le parcours auquel nous convie ce roman d'aventures catalanes qui conjugue la fausse grandeur et la vraie misère du cœur humain, dans un style alerte, simple et efficace qui est bien de la griffe de cet écrivain de talent qu'est Eduardo Mendoza.

Eduardo Mendoza, auteur du Mystère de la crypte ensorcelée, *du* Labyrinthe aux olives, *de* La Vérité sur l'affaire Savolta, *de* La Ville des prodiges *élu « Meilleur livre de l'année » en 1989 par le magazine* Lire, *et de* L'Ile enchantée, *est né à Barcelone en 1943. Il est l'un des auteurs espagnols les plus lus et les plus traduits de ces dernières années.* L'Année du déluge *est son sixième roman.*

1

Dans les années cinquante de notre siècle, vivait en la localité de San Ubaldo de Bassora (province de Barcelone) un homme très riche répondant au nom d'Augusto Aixelá de Collbató. Dernier descendant d'une vieille lignée de propriétaires, il devait à leur labeur, à leur bon sens et à leur rigueur un nom noble et une fortune considérable voués de toute évidence à s'éteindre à sa mort car, à l'époque où commence ce récit et bien que son âge allât de pair avec celui du siècle, il était toujours célibataire. Le gros de son avoir provenait d'une propriété de près de trois cents hectares située à cheval sur le territoire de la commune de San Ubaldo (absorbée plus tard par la ville de Bassora) et celui de la commune de Santa Gertrudis de Collbató, d'où était issue une branche du tronc familial ; c'est sur cette propriété, connue partout aux alentours sous l'appellation de « maison Aixelá», que se trouvait la demeure ancestrale de cette illustre famille ; le reste de la propriété était consacré à l'exploitation forestière et à des champs où l'on cultivait l'avoine et la luzerne, à l'exception d'une partie qui, juste après la guerre civile, avait été convertie en vignes dont on tirait un vin de très basse qualité, âpre et fort, vendu à la tireuse par les marchands de Bassora pour la consommation de la classe travailleuse. Par un après-midi d'été, sous un soleil torride, une bonne sœur gravissait tout essoufflée la côte menant à la propriété. Avant d'arriver en haut, la bonne sœur s'arrêta quelques instants pour reprendre haleine et pour rassembler son courage, car elle craignait d'être mal reçue. En atteignant le sommet de la colline le chemin allait mourir contre le mur d'enceinte qui protégeait la propriété ; en bas, il y avait le village de San Ubaldo qui, à l'époque, ne comptait guère plus de mille âmes et, plus loin, la masse de l'Hôpital, le lit à sec de la rivière et la route qui, venant de Bassora, traversait le village et continuait vers Collbató pour y rejoindre la grand-route de Barcelone. A cette heure de la journée le village semblait abandonné : il n'y avait personne dans les rues irrégulières, dont le tracé suivait le cours d'anciennes rigoles ou les bordures de propriétés disparues. La bonne sœur trouva la grille grande ouverte. Elle chercha d'abord un moyen de faire connaître sa présence, puis ne voyant ni sonnette, ni cloche, ni personne à qui s'adresser, elle franchit l'entrée d'un pas décidé. Elle se trouva à l'orée d'une allée large et sinueuse bordée de hauts tilleuls, de myrtes et de lauriers roses ; touffu et sombre, le jardin masquait la maison et les communs, qui constituaient la partie habitée de la propriété. Le gravier de l'allée, comme les plantes et les arbres, semblait entretenu avec soin, mais on ne voyait ni entendait âme qui vive ; seul régnait le silence opaque des hautes heures suffoquantes de l'été. La bonne sœur avança sur le chemin ; au bout de quelques mètres, elle vit déboucher deux énormes chiens de derrière les myrtes, comme s'ils y avaient été à l'affût. Leur aspect était menaçant ; la bonne sœur s'arrêta, ferma les yeux et murmura : Ave Maria Purissima. Paupières closes, elle entendait l'aboiement des chiens et sentait leurs museaux contre son habit. Soudain retentit une voix qui s'approchait en criant : Lion ! Noiraude ! Ici ! Du calme ! Elle ouvrit les yeux et vit une femme qui courait dans l'allée en répétant à pleine gorge : Lion ! Noiraude ! Les chiens continuèrent à flairer la robe en grondant et en montrant des crocs terrifiants. La femme les rejoignit, leur caressa l'échine sans s'attarder et dit : N'ayez pas peur, ma sœur, ils ne vous feront rien. C'était une grosse femme souriante, d'âge mûr ; elle portait un tablier blanc éclaboussé de sang. La bonne sœur répéta son salut d'une voix plus forte, et la femme lui demanda en quoi elle pouvait lui être utile. La bonne sœur dit qu'elle souhaitait voir M. Aixelá, si du moins celui-ci était chez lui et pouvait la recevoir. Pour y être, il y est, dit la gardienne, mais je ne sais s'il pourra vous recevoir ; il est enfermé depuis ce matin avec le régisseur et il a fait dire qu'il ne voulait pas être dérangé. La bonne sœur acquiesca. Dites-lui, je vous prie, que je suis la supérieure des sœurs de la Charité, celles qui s'occupent de l'Hôpital ; puis elle ajouta avec un sourire forcé : Et si cela ne vous gêne pas, emmenez ces chiens, ou alors conduisez-moi quelque part où je ne les verrai pas.

Entre les tilleuls s'élevaient quelques très grands cyprès ; sur la branche d'un arbre un chardonneret se mit soudain à chanter. Les chiens suivaient les deux femmes en folâtrant ; ils avaient abandonné leur attitude hostile et semblaient avoir envie de jouer, mais la bonne sœur n'osait pas les quitter des yeux. La maison était une vieille bâtisse de pierre, irrégulière, allongée, avec un toit à deux versants, une porte voûtée et des fenêtres rectangulaires, hautes et étroites comme des meurtrières. Au-dessus de la porte il y avait un cadran solaire et, sur le linteau, une date gravée que le passage des siècles avait rendue illisible. Devant la maison, sur l'esplanade où s'achevait le chemin, un chêne projetait son ombre sur un camion déglingué peint en vert. A l'arrière de celui-ci, un chat passait la tête par-dessus le bord de la caisse vide. La femme expliqua à la bonne sœur que le camion et le chat appartenaient au régisseur. Elle ajouta : Mais le maître ne veut pas que le chat entre dans la maison, car il est joueur et pourrait casser un objet précieux. Ne craignez rien, le chat ne descendra pas du camion tant que ces deux-là seront ici, dit-elle encore en indiquant les chiens. Elle s'efforçait de se montrer aimable avec la religieuse et d'effacer la mauvaise impression produite par les chiens. Ils ne sont pas d'un naturel méchant, lui avait-elle confié en chemin, mais ils sont là pour garder la maison et ils accomplissent leur travail sans faire de différences. Vous savez, bien sûr, que les choses vont mal par ici, avait-elle ajouté sur le ton de la confidence. La bonne sœur ne savait rien, mais elle s'était abstenue de l'avouer ; elle était nouvelle dans la région et dans sa charge. Elle avait fait de son mieux pour que son silence ne parût pas hautain : elle ne voulait pas blesser cette femme bonne et simple. Et pourtant la grille était ouverte, avait-elle dit finalement, pour dire quelque chose. La gardienne avait acquiescé : Le maître prétend que ce ne sont pas les portes qui arrêtent les voleurs, mais la peur de ce qu'ils peuvent trouver derrière. Formant un angle droit avec la maison, mais séparée d'elle, se trouvait une remise dont sortit un homme jeune, vêtu d'une salopette bleue et tenant à la main une fourche en bois clair. Un mégot était collé à ses lèvres. En voyant la religieuse, il planta son outil dans le sol, ôta son béret et resta à la regarder avec une expression stupide et apeurée. Les chiens se roulaient par terre dans le soleil en aboyant et en bavant ; l'un d'eux se vautrait dans la poussière. Ces bêtes sont idiotes, pensa la bonne sœur en franchissant la porte de la maison. Par contraste avec la lumière extérieure, le vestibule paraissait plongé dans les ténèbres. Attendez ici, ma sœur, dit la femme.

Quand elle se fut habituée à l'obscurité, elle vit que tout le mobilier consistait en un portemanteau, quatre fauteuils de rotin et un grand coffre ouvragé, vieux et massif, du genre de ceux que l'on appelle coffres de mariée. C'était une pièce fort peu accueillante. La gardienne ne tarda par à réapparaître par où elle avait disparu et dit avec tristesse : Je suis désolée, ma sœur, mais le maître ne peut vous recevoir aujourd'hui ; il dit que si vous désirez lui parler, vous reveniez jeudi à la même heure. Oui, je suis vraiment désolée, ajouta-t-elle à voix basse. Non, dit la bonne sœur, c'est moi qui suis dans mon tort, je suis venue sans avoir prévenu, et vous avez fait tout votre possible. Je vous en suis très reconnaissante.

Le jour convenu, la religieuse revint à la propriété et la scène des chiens se répéta près de la grille, mais cette fois elle ne s'arrêta pas ; elle les fixa dans les yeux et balbutia : Lion ! Noiraude ! Couchés ! Après quoi elle s'engagea sur le chemin, mais les chiens lui barrèrent le passage, la gueule ouverte, ce qui mit fin à son exploit. La gardienne arriva en courant pour la tirer d'affaire juste au moment où elle se trouvait acculée à la haie de bruyère qui bordait le mur, et la chapitra : Ah, ma sœur, ne faites plus jamais cela, s'ils vous sautent à la gorge ils peuvent vous tuer d'un coup de crocs. Et elle ajouta : Quand ils vous connaîtront, ce sera autre chose. Quand ils me connaîtront ? pensa la religieuse. Don Augusto Aixelá de Collbató la reçut dans son bureau, lui proposa un rafraîchissement et lui présenta ses excuses pour ce qui s'était passé quelques jours plus tôt. J'étais accaparé par une affaire pénible dont le règlement ne pouvait attendre, dit-il, et même si je vous avais reçue je n'aurais pu vous accorder tout l'intérêt que requiert sans aucun doute l'objet de votre venue dans cette maison. La religieuse crut deviner dans cette allocution solennelle une ombre d'ironie : Vous ne tirerez de moi que de bonnes paroles, ma sœur, tel semblait être le message que recouvraient ces circonlocutions. Il s'agit en effet, dit-elle d'un ton ferme, de quelque chose d'important. Augusto Aixelá la regarda fixement. Il était grand et sec, et son allure, en dépit de l'âge, conservait une grande part de la désinvolture juvénile ; ses cheveux étaient noirs et les rides qui lui barraient le front ne semblaient pas produites par le passage des ans, mais par une attitude constante de perplexité amusée. Il affectait des airs de cacique, sans trop de conviction ; ces derniers temps, il était parvenu à la conclusion qu'il devait assumer ce rôle de notable de province qui lui était dévolu, qu'il le voulût ou non ; en réalité, il eût aimé être un intellectuel madrilène, cultivé, précieux et subtil, mais le destin l'avait fait naître et vivre dans la Catalogne profonde, résignée et sans idéal. Situation à laquelle, soit dit en passant, il avait contribué dans la mesure de ses moyens, puisque dès le début de la guerre civile, et suivant les impératifs de sa haute origine et la rectitude de ses idées, il avait couru mettre sa personne et ses biens au service de notre invincible caudillo, le généralissime Franco. Plus tard, le conflit terminé, les circonstances s'étaient conjuguées avec sa propre indolence pour le réduire à l'état où il se trouvait aujourd'hui. Comme il était riche et célibataire, séduisant de surcroît, sympathique et très discret dans ses relations, les mauvaises langues lui attribuaient des idylles et des aventures avec des femmes de conditions, d'états et d'âges fort divers. En réalité, dit la religieuse, vous ne me devez pas d'excuse : je suis venue sans avoir sollicité de rendez-vous, ce qui ne se fait pas ; il est vrai que je n'avais pas trouvé le moyen de prendre contact avec vous. Il y en a pourtant, dit-il, mais, vraiment, n'accepterez-vous pas de boire quelque chose ? La sœur se concentra sur ses mains sans savoir que répondre à cette offre : elle voulait éviter tout ce qui pourrait donner à sa présence l'apparence d'une visite mondaine, mais elle voulait aussi éviter toute affectation d'austérité, toute référence trop ostensible à sa condition de religieuse. Puisque vous insistez, je prendrai un verre d'eau, dit-elle au bout d'un moment. Augusto Aixelá éclata de rire. Ne sous-estimez pas mon hospitalité, ma sœur ; je vais vous faire apporter une citronnade ; les citrons de la propriété sont si doux qu'il n'est pas besoin de mettre du sucre dans la citronnade, vous verrez que vous l'aimerez. Pendant qu'il sortait donner ses ordres, la bonne sœur demeurait assise sur le bord de sa chaise, les mains croisées sur le creux de sa robe et le dos très raide. Sans bouger la tête, elle parcourait le cabinet des yeux : elle observait la disposition du mobilier et des objets. Les persiennes étaient fermées et les rideaux tirés ; cette pénombre créait une sensation de fraîcheur mais donnait également aux choses un air funèbre. A la différence du vestibule, le cabinet était meublé et décoré à l'excès. Les murs portaient des grands tableaux sombres avec des cadres bariolés, et des petites gravures, ainsi que des consoles dorées qui soutenaient des sculptures en bois vermoulu. Tous ces objets semblaient avoir une grande valeur et certains étaient extraordinairement laids. Les meubles étaient lourds, vieux et, même dans la lumière imprécise qui uniformisait tout, on se rendait compte qu'ils étaient décolorés et fort délabrés. Voyons maintenant quelle est cette affaire si importante, dit Augusto Aixelá, après s'être rassis sur la chaise tournante, derrière son bureau. Il fixait la bonne sœur dans l'intention de l'intimider : il était d'un naturel courtois mais il s'attendait à entendre des soupirs, des balbutiements et des lamentations, et cette perspective l'exaspérait. La religieuse commença par expliquer que cela faisait un peu moins d'un mois qu'elle avait été nommée supérieure de la communauté dont dépendait l'Hôpital. Ce disant, elle indiqua du doigt un point du mur dans la direction supposée de l'Hôpital. Le cacique fit un geste d'assentiment : il ne connaissait que trop l'Hôpital, un bâtiment archaïque et ruiné aux allures de château, avec de faux créneaux auxquels apparaissait de temps en temps le visage cireux d'un malade condamné. Il était situé sur une pente jouxtant le lit d'un ruisseau asséché. Au couchant s'étendait une peupleraie qui dépendait également de l'Hôpital et dont l'exploitation fournissait à celui-ci les maigres revenus qui, s'ajoutant à l'aide peu empressée de l'évêque et à quelques legs sporadiques, lui permettaient une survie précaire. Instinctivement, Augusto Aixelá chercha des yeux son chéquier ; il contribuait tous les ans par son aumône au généreux travail de l'Hôpital, mais toujours à date fixe : la Noël et le Jeudi saint ; c'était là une règle qu'il n'était pas disposé à modifier. La bonne sœur, cependant, prenait son temps. Si vous le connaissez, dit-elle enfin, il est inutile que je vous explique la situation dans laquelle il se trouve : le bâtiment s'écroule littéralement et les installations datent du temps du Cid ; les religieuses qui s'en occupent, supérieure comprise, n'ont pas la moindre notion de médecine ; si je tombais malade, je n'aimerais pas que l'on m'y mette. Augusto Aixelá crut déceler dans le propos de la religieuse un soupçon de malice qui éveilla son intérêt. Il regarda la personne qui lui parlait, dans sa posture faussement modeste : la cornette encadrait un visage aux traits réguliers, avenant et coloré. Elle ne doit pas être aussi jeune qu'elle le paraît, puisqu'elle est déjà supérieure de la communauté, pensa-t-il, et elle est moins sotte qu'elle ne prétend le faire croire : pure hypocrisie. La religieuse gardait les yeux fixés sur le dallage mais, à mesure qu'elle parlait, elle abandonnait son apparence soumise et sa voix prenait un timbre métallique qui trahissait un caractère autoritaire et impatient. Fort heureusement, continua-t-elle, tous les défauts de l'Hôpital trouveront bientôt un remède, car l'État, c'est-à-dire la Sécurité sociale, va construire un nouvel hôpital, non loin du nôtre. Cet hôpital, je veux dire le neuf, sera pourvu des tout derniers progrès et, naturellement, d'un personnel parfaitement qualifié. A ce moment-là, le vieil Hôpital et son équipage couleront à pic, et c'est pour cela que je suis venue vous voir. Augusto Aixelá esquissa un sourire froid ; il était également au courant de la construction imminente du nouvel hôpital de Bassora. Bassora se trouvait à huit kilomètres à peine de San Ubaldo et c'était une ville industrielle de près de trente mille habitants en pleine expansion. Je ne suis pas intéressé par l'achat du terrain, dit-il ; la religieuse réagit vivement. De toute manière, répliqua-t-elle, je ne pourrais pas vous le vendre car je n'en ai pas le droit, mais il ne s'agit pas de vendre quoi que ce soit ; elle décroisa ses mains qu'elle tenait toujours sur sa robe et les posa sur le bord du bureau ; ses gestes étaient énergiques, avec quelque chose de viril ; écoutez, monsieur Aixelá, dit-elle, j'ai eu l'idée de transformer l'Hôpital en centre d'assistance ; évidemment, pour vous, cela ne veut rien dire ; je pense à un asile de vieillards. Elle avala sa salive et continua : Laissez-moi vous expliquer mon projet, je ne vous volerai pas beaucoup de votre temps. Augusto Aixelá hocha la tête en signe d'assentiment. Le problème des vieillards est grave et il le deviendra de plus en plus, enchaîna la bonne sœur ; jusqu'à une période récente, les familles s'occupaient des vieux, les grands-parents vivaient avec leurs enfants mariés et avec leurs petits-enfants, mais c'est fini. De nos jours, les jeunes vont travailler à la ville, y compris à l'étranger, ils ne peuvent prendre les vieux avec eux, et même s'ils le pouvaient et s'ils le voulaient, où les mettraient-ils ? Avant, les maisons étaient grandes, aujourd'hui les appartements sont petits, ils suffisent à peine pour un couple avec deux enfants, il n'y a plus de domestiques et la vie est de plus en plus chère. Les vieillards sont un fardeau et les familles, c'est triste à dire, cherchent à s'en débarrasser ; il y a déjà en ce moment ici, au village, deux octogénaires qui vivent seuls, et à Barcelone leur nombre doit être sans nul doute très élevé. Ces personnes sont délaissées, exposées à toutes sortes d'accidents, obligées de s'occuper d'elles-mêmes alors justement qu'elles ont le plus besoin d'attentions. Le système médical ne peut rien faire pour elles ; si elles font une chute et se cassent un membre, on les plâtre et on les renvoie chez elles ; si elles tombent malades, on leur prescrit des médicaments qu'elles ne savent pas comment prendre et qu'elles oublient infailliblement ; les vieux doivent acheter leur nourriture, faire leur cuisine, tenir leur maison, laver leur linge, mais la majorité d'entre eux ne peuvent même pas s'habiller seuls pour sortir, certains ont besoin de plus d'une heure pour un geste aussi simple que celui d'attacher leurs chaussures, et même se lever du lit exige un grand effort ; ils somnolent pendant la journée, mais la nuit ils n'arrivent pas à s'endormir, le moindre bruit les alarme, ils disent leur chapelet une fois, dix fois, et comptent les minutes qui les séparent du lever du soleil. Je pourrais vous donner davantage de détails, mais j'aurais peur d'avoir l'air excessive. Elle se tut et reprit l'air recueilli qu'elle avait abandonné un instant. Elle s'aperçut alors qu'il y avait quelqu'un à côté d'elle et sursauta. C'était la gardienne qui l'avait sauvée à deux reprises des chiens et qui, pour l'heure, lui apportait un verre de citronnade sur un plateau de maillechort. Comme vous parlez bien, ma sœur, s'exclama la gardienne. Laisse-nous seuls, Pudenciana, dit Augusto Aixelá. La gardienne déposa le plateau sur la table et sortit en faisant des mines offusquées. Elle n'aime pas qu'on l'appelle Pudenciana, et pourtant c'est son vrai nom, expliqua Augusto Aixelá quand il furent à nouveau seuls. La religieuse but la citronnade d'un trait, reposa le verre sur le plateau, soupira et garda le silence, qu'Augusto Aixelá rompit pour dire : Continuez, ma sœur, je vous écoute. La religieuse poursuivit sur un ton moins ému. La reconversion de l'Hôpital, dit-elle, n'est pas une chose simple, il faudrait réparer les détériorations, aménager les chambres, changer le système de chauffage, les conduites d'eau, les installations sanitaires et les cuisines, c'est un investissement d'une certaine ampleur, comme vous pouvez le supposer ; j'ai parlé de mon projet à plusieurs personnes : à M. le maire, au secrétaire du gouverneur civil qui a eu l'amabilité de me recevoir, et avec quelqu'un qui est proche de l'évêché ; toutes m'ont écoutée avec le plus grand intérêt et ont trouvé l'idée très pertinente, et même louable, mais aucune n'a montré la moindre inclination à y participer d'une manière tangible ; je parle, bien entendu, d'appui financier. Il ne me reste plus aucune porte où frapper, monsieur Aixelá.

Augusto Aixelá réfléchit un moment puis, avec le même air sérieux qu'il avait eu pour écouter l'exposé de la religieuse, il demanda : Comment vous appelez-vous, ma sœur ? Elle répondit qu'elle s'appelait sœur Consuelo. Tout en continuant à la regarder, il lui demanda si c'était de ce nom qu'elle signait les chèques et acceptait les traites, et elle sourit. Non, dit-elle, pour les transactions marchandes, je dois me servir de mon nom civil. Alors donnez-le-moi, insista Augusto Aixelá. Je ne sais si je peux, répondit la bonne sœur. Vous le pouvez et vous le devez, répliqua-t-il, car si je ne me trompe pas, nous sommes en train de commencer une transaction marchande, à ce détail près que tout ceci est un plan destiné au salut éternel de mon âme. Ce fut alors à sœur Consuelo de rire. Oh, non, cela relève de la juridiction du curé de la paroisse ; pour ma part, je prétends seulement vous mener au ciel par la voie indirecte : vous avez parlé de transaction marchande ? Oui, mais il faut la mener à bon terme, et vous ne m'avez toujours pas dit votre nom. Constanza, Constanza Briones, murmura la religieuse. Il n'y a pas de quoi rougir, dit-il. J'ai rougi ? demanda-t-elle. Oui. Ce doit être la citronnade, dit-elle. Ne racontez pas de mensonges, Constanza Briones, ou il faudra aller à confesse, dit-il. Sœur Consuelo prit un ton grave, comme si elle voulait modifier la tournure légère que prenait la conversation. Vous m'aiderez ? l'interrogea-t-elle. Je n'en sais rien, et je ne sais même pas ce que vous voulez que je fasse, je ne crois pas qu'il s'agisse d'une simple aumône, vous avez fait les comptes ? demanda-t-il. Oui, répondit la religieuse, à vue de nez ; je ne les ai pas avec moi, mais je peux vous les envoyer. Apportez-les vous-même, dit-il, et nous les examinerons calmement, demain je serai occupé toute la journée, venez samedi après-midi.

2

Elle trouva, comme toujours, la grille ouverte. De l'autre côté du mur elle rencontra le garçon qu'elle avait vu, l'autre jour, sortir de la remise ; il portait à présent un chapeau de paille à large bord et il taillait la haie de bruyère avec des cisailles. La bonne sœur le salua et il interrompit son travail pour lui répondre en ôtant son chapeau avec beaucoup de déférence mais, lorsque les chiens accoururent en aboyant et en faisant mine de l'attaquer, il n'avança pas, se recouvrit sèchement, tourna le dos à la scène et se remit à cisailler. Ça doit être un de ces idiots qui ne manquent jamais dans les grandes propriétés, pensa la bonne sœur, ils font tous les petits travaux, ils sont très fidèles et pleins de zèle, mais on ne peut pas compter sur eux. Pendant ce temps les chiens accomplissaient leur travail avec leur férocité routinière : on aboie, on saute, semblaient-ils dire, et on fait bien voir que si on mord, c'est pour gagner notre vie. Pudenciana la conduisit au cabinet de travail de

M. Aixelá, dans lequel il n'y avait personne. Monsieur ne va pas tarder, dit la gardienne. Je sais que vous n'aimez pas votre nom, mais dites-moi comment je peux vous appeler, dit la religieuse. Vous pouvez m'appeler comme vous voulez, répondit la gardienne. Comment vous appellent les autres ? Pudenciana réfléchit un moment. Presque tout le monde m'appelle la Pelée, dit-elle finalement. Drôle d'habitude, commenta sœur Consuelo, mais si elle vous convient, je m'en arrangerai. C'est comme ça qu'on m'a baptisée, dit Pudenciana avec une certaine incohérence. Dans le cabinet régnait la même pénombre que la fois précédente mais, maintenant, sœur Consuelo percevait en outre une odeur particulière, mélange de poussière, de bois et d'eau de Cologne. Quand Pudenciana l'eut laissée seule, elle se mit à se promener dans le cabinet sans lâcher le dossier qu'elle avait apporté ; elle examinait avec curiosité les objets aussi précieux qu'extravagants et finit par s'arrêter devant l'un d'eux : c'était un bois sculpté grand comme deux fois une main et représentant sans aucun doute un saint, bien que le corps fût quelque peu difforme, tordu comme s'il eût été taillé dans un sarment ; le bord inférieur de la statue gardait des traces de peinture, des taches d'un grenat passé ; un bras était cassé, l'autre soutenait une chose rectangulaire qui ressemblait à une boîte de bonbons. Le saint avait la barbe rare, les yeux mi-clos et le regard égaré, comme celui d'un ivrogne.

L'ensemble portait plus au rire qu'à la piété ; la religieuse haussa les épaules : elle ne s'y connaissait pas en art et ne voulait pas s'y connaître, il ne lui semblait pas bien que les objets de piété aient été transformés en pièces de musée et en articles somptuaires. C'est une sculpture du XIe siècle, ou peut-être même plus ancienne, dit une voix dans son dos. Sœur Consuelo laissa tomber le dossier par terre et Augusto Aixelá se courba immédiatement, le ramassa et la rendit à sa propriétaire. Excusez-moi, murmura-t-il, je n'avais pas l'intention de vous effrayer. Je ne vous ai pas entendu entrer, dit-elle, je ne me suis même pas rendu compte qu'on ouvrait la porte. On n'a ouvert aucune porte, dit Augusto Aixelá, mais ne craignez rien : je ne suis pas entré en passant à travers le mur, mais en écartant cette tenture ; quant à la sculpture, elle provient, à ce qu'on m'a dit, de Saint-Martin-du-Canigou, et c'est l'un des nombreux trésors qui sont sortis de France pendant la guerre ; elle représente un apôtre, peut-être saint Simon, bien que ce soit difficile à préciser car, comme vous le savez, les attributs qui identifient chacun des apôtres n'ont été incorporés à l'iconographie qu'au XIVe siècle ; il est bien possible, cependant, qu'il s'agisse d'un faux. Venez, ajouta-t-il en indiquant de nouveau la tenture par laquelle il était entré dans le cabinet. Suivi de la religieuse, il souleva le rideau et sortit sur une galerie qui courait tout au long de l'arrière de la maison, à l'abri du soleil. Au pied de la galerie s'étalait un jardin rustique où poussaient un figuier touffu et vétuste, et un acacia. Sous le figuier, il y avait une table ronde en marbre et fer forgé, visiblement abandonnée. Une figue mûre avait éclaté sur le marbre, et sur ses restes bourdonnait un essaim de mouches. Je vais dire qu'on vous apporte la citronnade, dit-il, et arrêtant un geste de protestation, il ajouta : Donner à boire à ceux qui ont soif est une œuvre de miséricorde, ne m'empêchez pas de la pratiquer. Il n'y avait pas trace d'ironie dans sa voix, et la religieuse sourit. Il lui fit signe de s'asseoir sur l'un des deux petits fauteuils d'osier qui se trouvaient sur la galerie. La religieuse s'assit et il disparut à l'intérieur de la maison. Une brise tiède apportait le parfum du figuier. Sœur Consuelo soupira : au fond du jardin, séparé par un mur de cyprès taillés, on devinait par la fenêtre un potager ; au centre du potager il y avait un bassin, et plus loin, à l'endroit où il se terminait, le terrain s'élevait en terrasses plantées de vignes. De son poste d'observation elle pouvait voir les grappes. Absorbée par le spectacle, elle sursauta encore quand elle s'aperçut qu'Augusto Aixelá était revenu près d'elle. Je me comporte comme une collégienne, pensa-t-elle, mais elle dit : Quel endroit agréable. Oui, dit-il, j'ai l'habitude d'y passer les après-midi d'été, quand mes obligations me le permettent. C'est effectivement une belle propriété, et pas seulement au sens littéral du mot : je veux dire que c'est une propriété bien exploitée, avec un véritable talent ; je peux l'affirmer sans rougir, car elle était déjà ainsi quand j'en ai hérité ; je me suis limité à l'entretenir et à suivre la voie marquée par mes ancêtres. Il respira profondément et ajouta : J'aime cette propriété plus que tout au monde mais quand je mourrai, que deviendra-t-elle ? La religieuse le regarda avec inquiétude : elle était venue dans l'intention d'exposer ses difficultés, non d'écouter celles d'autrui. Mais avant qu'elle eût pu dire un mot, le cacique fit le geste d'écarter un insecte qui voltigeait devant ses yeux ; puis il regarda la religieuse et sourit gaiement, comme si ce geste avait fait fuir du même coup la mélancolie. Est-ce que vous venez du monde rural, ma sœur ? demanda-t-il. La question avait été formulée avec délicatesse et sœur Consuelo acquiesça. En effet, dit-elle, mes parents étaient des paysans aisés, ils n'étaient ni instruits ni raffinés mais c'étaient des gens foncièrement honnêtes et craignant Dieu. Grâce à leurs efforts et à leur compréhension j'ai pu étudier pour entrer en religion, dit-elle, et, plus tard, apporter ma dot à l'ordre. C'est dans le plaisir de cette conversation que les trouva Pudenciana, en apportant le plateau avec la citronnade. Pendant que vous buvez, dit Augusto Aixelá dès que la gardienne se fut retirée, je jetterai un coup d'œil sur ces chiffres. Laissez-moi vous les montrer, dit-elle. Non, répliqua-t-il, les chiffres sont souvent plus clairs que les mots, et moins véhéments ; buvez et reposez-vous ; après ce chemin, par cette chaleur et avec ces habits absurdes, je ne sais pas comment vous ne vous êtes pas encore évanouie. Sœur Consuelo ne répondit pas ; pour l'heure, elle se sentait envahie par une légèreté inexplicable, voisine de l'ivresse, comme si le bien-être et la paix dont on jouissait en ce lieu et la douceur de ce paysage, contrastant avec l'aridité du chemin qu'elle venait de parcourir, avaient déséquilibré ses sensations. Elle regarda dans la direction opposée et vit, à l'autre extrémité de la galerie, un perroquet enchaîné sur un cerceau ; elle se retourna vers Augusto Aixelá pour commenter la présence de cet oiseau insolite, mais il avait mis des lunettes à monture de fer et paraissait absorbé par le contenu du dossier. La religieuse se leva et alla examiner de près le perroquet ; elle n'avait jamais eu l'occasion d'en voir un en chair et en os ; il lui semblait étrange et inquiétant ; le bec et les serres étaient puissants et menaçants, les yeux ronds avaient une fixité démente et mauvaise, mais le plumage était si doux et si riche qu'il ôtait toute force au danger ainsi affiché et transformait l'animal en objet de luxe. Ce mélange hétérodoxe fascinait la bonne sœur. Il ne parle pas, mais il peut parler, dit Augusto Aixelá. Elle fut troublée de se savoir observée et revint vers l'endroit d'où partait la voix. Augusto Aixelá était toujours assis, le dossier ouvert sur les genoux : il n'avait pas ôté ses lunettes, les verres grossissants agrandissaient ses yeux et en faisaient deux circonférences vitreuses qui imitaient le regard inhumain du perroquet. Je n'en avais jamais vu, dit laborieusement la religieuse, comme si elle se sentait obligée de justifier sa curiosité. Il laissa la serviette et les lunettes sur la petite table qui se trouvait à côté des fauteuils et la rejoignit ; le perroquet, se voyant observé, ébouriffa ses plumes, ouvrit le bec et lança un coup de trompette strident. La personne qui me l'a donné, dit Augusto Aixelá, m'a raconté qu'il venait comme tous ceux de son espèce des forêts amazoniennes, ils sont capturés là-bas et envoyés en Europe sur des cargos ; pendant la traversée ils apprennent à répéter ce que disent les marins : une kyrielle de jurons et d'obscénités qui, par la suite, font rougir leurs maîtres de honte, car ce qu'ils ont appris par hasard ils ne l'oublient jamais. Cet animal, en revanche, n'a rien appris, peut-être parce qu'il a voyagé dans un endroit écarté où les voix humaines ne lui parvenaient pas ; je devrais lui enseigner quelque chose, mais je n'en ai ni le temps ni le goût ; je suis un déplorable pédagogue. La religieuse abandonna la contemplation du perroquet et tous deux retournèrent s'asseoir dans leurs fauteuils respectifs ; ils demeurèrent là, silencieux, le regard fixé dans le lointain, comme s'ils inspectaient le potager et les vignes. Finalement la bonne sœur dit : Qu'en pensez-vous ? Augusto Aixelá se tourna très lentement vers son interlocutrice. Je n'ai pu jeter qu'un coup d'œil sur le projet, dit-il, mais je puis vous assurer que les chiffres ne cadrent pas. Avec quoi ? demanda-t-elle. Avec vos intentions, répliqua-t-il, ou avec la réalité ; vous parlez ici de deux millions de pesetas, mais à mon avis ce que vous voulez faire nécessite une somme bien supérieure, quatre millions, peut-être cinq ou davantage, je ne sais pas ; où êtes-vous allée chercher ces chiffres ? Oh, un peu partout, répondit évasivement la religieuse. Ils sont illusoires, dit-il, illusoires et incomplets ; pour commencer, vous n'avez pas inclus dans le budget le coût de la main-d'œuvre. Non, parce que j'ai pensé que cela n'avait pas beaucoup d'importance, s'empressa de dire la religieuse, en réalité nous pourrions faire nous-mêmes le travail, cela ne nous effraye pas. Augusto Aixelá la regarda avec irritation. Cela ne vous effraye pas parce que vous ne savez pas de quoi il s'agit, s'exclama-t-il ; sœur Consuelo demeura interdite et il continua : Je suis un homme qui ne croit pas à grand-chose, mais l'expérience m'a appris à respecter le travail humain par-dessus tout ; vous en parlez avec légèreté parce que vous confondez probablement travail et effort : ne commettez pas cette erreur ; le travail est effort, mais il est aussi savoir-faire et persévérance ; ce n'est pas appliquer la force brute à la matière, mais savoir ce que l'on veut faire, dans quel but, comment s'y prendre, et ensuite mener l'ouvrage à bien sans ménager sa fatigue, son intelligence et son amour, en mettant dans chaque geste l'héritage de plusieurs siècles de dévouement et de résolution. Il se leva et fit quelques pas dans la galerie sous les yeux stupéfaits de la religieuse ; puis, au moment où il paraissait ne plus rien vouloir ajouter, il s'arrêta et tendit le bras vers la colline : Voyez ce potager et ces vignobles, dit-il, ici la terre est aride et les pluies sont traîtresses, mais ils poussent parce qu'ils sont soutenus par un système très ingénieux et compliqué de citernes, de canaux et de vannes qui règlent l'irrigation, un système tellement ancien que nul ne sait qui l'a conçu et qui l'a réalisé ni quand, et pourtant tout ce qui concerne la propriété est archivé depuis plus de six cents ans. Tout le visible et tout l'invisible : les terrasses, la maison, la citronnade que vous venez de boire et moi-même, nous sommes les enfants de cet effort terrible, ininterrompu et anonyme. Il revint à la table, ferma le dossier qu'il y avait posé et le rendit à la religieuse. Tenez, je sais que vous avez œuvré avec les meilleures intentions, mais je ne puis prendre ces fantaisies au sérieux ; le gouverneur et l'évêque ont eu raison de ne pas vous suivre, ce sont des personnes distinguées et elles vous l'ont donné à entendre avec plus de finesse ; moi je ne suis qu'un rustre de la campagne, excusez ma brusquerie et ma rudesse. Sœur Consuelo demeura un moment silencieuse, puis consulta sa montre et murmura une excuse : on était samedi et elle devait être présente à l'office du soir ; elle se leva, fit une révérence qui ressemblait vaguement à une génuflexion et se retira, les yeux rivés au sol et le porte-documents serré contre sa poitrine.

Néanmoins, deux semaines plus tard la même religieuse gravissait la côte qui menait à la propriété avec le même porte-documents sous le bras. Les chiens répétèrent leur charivari hargneux. Je ne crois pas que M. Aixelá ait envie de me voir, dit-elle à la gardienne, mais s'il accepte de me recevoir je ne lui prendrai qu'une minute. Je vais lui répéter vos paroles, ma sœur, répondit la gardienne dans le regard de laquelle sœur Consuelo crut lire de l'inquiétude. Elle a peut-être entendu la philippique de l'autre jour, pensa-t-elle, et maintenant elle craint un éclat plus violent encore, mais elle se trompe bien : il aura beau me provoquer, je ne broncherai pas ; je dois rester humble à tout prix, c'est mon devoir. Mais le cacique la reçut avec une amabilité non dénuée de paternalisme. Je suis venue m'excuser pour la manière dont je suis partie l'autre jour, dit-elle avant qu'il puisse parler, j'étais troublée et je n'ai pas réussi à vous dire merci pour votre sincérité. Vous ne devez pas vous excuser, dit-il, j'ai été réellement très violent et vous avez parfaitement bien réagi. Je voulais aussi, l'interrompit la religieuse, vous remercier pour ce que vous appelez votre violence ; ce que vous m'avez dit n'était pas seulement vrai mais évident, seulement ma vanité et mon aveuglement m'auraient interdit de l'entendre si vous ne me l'aviez pas dit de cette façon. Dans ce cas, dit-il après une brève pause, nous pouvons faire la paix. Une trêve seulement, répondit sœur Consuelo avec un léger sourire dans les yeux et sur les lèvres. Je vois, dit-il, que vous rapportez le fameux dossier. J'ai révisé les chiffres, expliqua-t-elle. Le cacique se mit à rire. Venez, allons sur la galerie, dit-il en écartant la tenture. Et elle : J'aimerais que vous regardiez de nouveau le budget, si ce n'est pas abuser de votre temps et de votre patience. Ils s'étaient assis dans les fauteuils d'osier ; Augusto Aixelá prit le dossier que lui tendait la bonne sœur et tira de sa poche son étui à lunettes. Vous n'abusez pas, ma sœur, continua-t-il tout en mettant ses lunettes, à la vérité votre persévérance m'amuse, je ne le dis pas dans l'intention de vous mortifier, s'empressa-t-il d'ajouter, mais de la façon la plus affectueuse : croyez bien que nous ne serions pas ici, si je n'avais de l'estime pour vos intentions et pour la détermination avec laquelle vous essayez de les réaliser. J'ai révisé les chiffres, coupa-t-elle, et j'ai ébauché un système de financement possible ; j'ai la conviction que si j'arrivais à réunir la somme initiale indiquée ici, je pourrais obtenir facilement une aide officielle ; une fois le projet mis en route, on ne me laissera pas tomber. Voyons cela, dit-il en ouvrant le dossier. Afin de dissimuler la nervosité que lui causaient cette situation et l'effort qu'elle devait faire pour maintenir un équilibre difficile entre la douceur et la fermeté, la religieuse se leva et alla voir le perroquet. L'animal exécutait une danse monotone sur son cerceau : il portait tout le poids de son corps sur une patte puis sur l'autre et balançait la tête en même temps ; il y avait dans ce mouvement réitéré quelque chose de stupide et d'hypnotique. Quand il eut la religieuse à la hauteur de ses yeux, il ouvrit le bec et dit : Ave Maria Purrrrissima. Sœur Consuelo éclata de rire, puis elle recouvra sa sérénité et rougit. Vous étiez donc tellement certain que nous nous reverrions ? dit-elle. J'espère ne pas vous avoir offensée, dit-il sans lever les yeux du budget, ce n'est qu'une innocente plaisanterie. Oh, je ne suis pas offensée, mais vous me trouvez vraiment si entêtée ? Oui, répondit Augusto Aixelá, mais où est le mal ? L'entêtement est une manière d'être : il peut s'appliquer à des fins répréhensibles, mais également à la vertu. Il ferma le dossier et dit : Pourquoi croyez-vous que je peux vous aider ? La réponse est facile, dit-elle, c'est parce que vous en avez les moyens. Qui vous a dit que j'étais riche ? Sœur Consuelo baissa les yeux et murmura : Ce sont des choses qui se savent. Pourtant vous n'êtes ici que depuis un mois, répliqua-t-il, regardez-moi dans les yeux et dites-moi la vérité, qui vous a parlé de moi ? Beaucoup de gens : les malades qui fréquentent l'Hôpital, les médecins qui les soignent, les fournisseurs, tout le monde, les bruits circulent, dans une localité aussi petite. Ils ne sont pas tous vrais, dit Augusto Aixelá. Non, mais ils ont tous un fondement quelconque, rétorqua-t-elle. Qu'est-ce que vous avez encore entendu dire de moi ? questionna-t-il. Rien qui mérite d'être écouté, répondit la religieuse. Pourquoi ? Il n'y a que mon argent qui vous intéresse ? Seuls m'intéressent les faits, répliqua la religieuse, je laisse les jugements moraux entre les mains du Très-Haut. Nous ne parlons pas de juger mais de croire, dit-il, vous avez entendu raconter des choses sur mon compte et maintenant je vous demande : est-ce que vous les croyez ? Quelle importance peut avoir pour vous ce que je crois ? protesta sœur Consuelo. Ça a de l'importance, un point c'est tout, dit-il d'un ton tranchant. La sœur joignit les mains sur son habit, inclina la tête et lança à son interlocuteur un regard dont l'intensité démentait la modestie de sa posture. Je suis une religieuse, dit-elle enfin, j'ai consacré ma vie à la prière et aux soins des malades ; le reste, je n'en sais pas grand-chose et je ne veux pas en savoir davantage ; il est vrai que j'ai entendu raconter des choses sur votre compte, certaines bonnes, d'autres mauvaises ; pour les bonnes, je n'ai nulle raison d'en douter, et pour les mauvaises, elles sont parvenues à mes oreilles sous la forme de rumeurs malveillantes ; je n'y accorde pas foi, bien que je sache qu'elles sont possibles ; nous sommes tous également doués pour le bien comme pour le mal. Elle avala sa salive et poursuivit : De toute manière, si les actions que l'on vous attribue sont exactes, je ne peux rien faire d'autre que de prier pour que le Seigneur vous éclaire, et cela, je le fais déjà. Comment ! vous priez pour moi ? Je prie pour beaucoup de gens. Mais aussi pour moi. Oui, aussi pour vous, dit la religieuse, je le fais par devoir... et par inclination, mais je veux que ce soit clair : quand je prie, c'est à Dieu que je m'adresse, j'espère que vous me comprenez. Laissez-moi le dossier, dit Augusto Aixelá précipitamment, comme si cette conversation le fatiguait, demain je dois voir mon régisseur et j'aimerais qu'il jette un coup d'œil sur les chiffres, si vous n'y voyez pas d'inconvénient ; c'est un homme discret et loyal, et il est très au fait des questions pratiques. Naturellement, dit-elle d'une voix presque inaudible. Il poursuivit : Après-demain, je pars en voyage ; je dois aller à Madrid pour régler une affaire d'une certaine importance et vous savez comment cela se passe : je ne sais pas combien de jours je serai absent, mais dès que je serai de retour je vous le ferai savoir. J'attendrai de vos nouvelles, dit sœur Consuelo lentement, comme s'il lui fallait faire un grand effort pour parler ; mais, huit jours plus tard, quand ils se retrouvèrent au même endroit, il n'y avait pas entre eux la moindre réticence.

3

Les nuages noirs qui couvraient partiellement le ciel ardent de l'après-midi rendaient la chaleur persistante plus suffoquante encore ; entraînés par le vent, ils projetaient en passant leurs ombres sur la campagne ; les feuilles des vignes avaient pris une teinte métallique. La religieuse s'enquit du voyage d'Augusto Aixelá et du résultat des démarches qui l'avaient appelé à la capitale, et celui-ci lui raconta qu'il avait enduré un véritable supplice, que le train avait eu les retards habituels et l'avait finalement déposé, épuisé et couvert d'escarbilles des pieds à la tête, dans un Madrid atrocement brûlant : les rues étaient désertes et l'asphalte fondu collait aux semelles ; par chance, l'hôtel où il logeait disposait d'un système d'air conditionné excellent, voire excessif ; pour le reste, ajouta-t-il, l'affaire qui avait motivé ce voyage vraiment inopportun semblait se diriger, autant qu'il pût en juger, vers une solution définitive. En résumé, dit-il pour terminer, en dépit de ses désagréments, le voyage s'était avéré satisfaisant. On voit, dit-il encore, que vos prières m'ont accompagné. Mes prières n'ont guère pu intervenir dans des affaires dont j'ignore complètement la nature, dit la religieuse. Vous l'ignorez, mais Dieu non, répliqua M. Aixelá, et peut-être le Très-Haut, convaincu de ne pouvoir faire grand-chose pour le salut de mon âme, a-t-il décidé d'appliquer vos prières à des choses plus terre à terre. Ne vous moquez pas des effets de la prière, dit la religieuse, et n'essayez pas non plus de me scandaliser, vous n'y parviendrez pas ; je sais bien qu'au fond de vous-même vous ne pensez pas ce que vous dites, mais l'expérience m'a enseigné qu'en présence d'un habit religieux aucun homme ne peut s'empêcher de proférer une quelconque insanité. Ni vous de me réprimander comme si j'étais un écolier, répliqua Augusto Aixelá, mais assez discuté, racontez-moi ce qui s'est passé dans votre sinistre Hôpital. La religieuse but une gorgée de la citronnade que lui avait servie Pudenciana un moment auparavant, s'installa confortablement dans le fauteuil en osier, soupira et dit : Peu de chose, en vérité ; mardi, par l'effet d'une distraction impardonnable de la sœur tourière, un malade dont les facultés mentales sont perturbées s'est échappé de l'Hôpital, est allé dans la salle de jeu de l'Athénée et y est resté à jouer au billard pendant deux heures, en pyjama et en pantoufles, sans que personne ne lui accorde la moindre attention. Il est curieux de voir comment, dans un village où la vie privée du voisin éveille tant de curiosité, la situation réelle des individus éveille si peu d'intérêt. En dehors de cet événement pittoresque, je n'ai rien à vous raconter : comme tous les ans, la perfide sécheresse est en passe de réduire à néant la récolte de fruits ; et puis vous nous avez manqué. Je me suis laissé dire à Madrid, commenta Augusto Aixelá, qu'on avait atteint cet été les températures les plus élevées du siècle ; un jour, à midi, j'ai pris un taxi dans la calle de Alcalá et j'ai dû en descendre à mi-trajet car l'air à l'intérieur de la voiture était véritablement asphyxiant. Avez-vous fait ce que vous m'aviez promis ? demanda la religieuse, avez-vous montré mon projet à votre régisseur ? J'ai fait mieux, répondit le cacique, en passant par Barcelone j'ai pris la liberté de prendre une photocopie des documents, je l'ai emportée à Madrid avec l'idée que je pourrais peut-être en faire quelque chose et, effectivement, en déambulant dans les couloirs du ministère de l'Intérieur où m'avait conduit mon affaire, j'ai rencontré un vieux camarade d'université qui occupe justement un poste haut placé à la direction générale de la Santé ; bien sûr, je n'ai pas eu le temps de m'étendre sur le projet, mais il s'est montré intéressé ; le lendemain un courrier est venu à l'hôtel chercher la copie que j'avais apportée et, à l'heure qu'il est, vos fantaisies doivent être entre les mains du directeur général en personne ; vous voyez que vous n'avez pas de raisons de me réprimander. Ni vous de douter des effets de la prière, dit-elle, les yeux voilés de larmes ; puis elle se reprit, passa le dos de sa main sur ses paupières et dit : Vraiment, vous avez fait cela pour moi ? Comme je vous le disais, répondit-il, ce voyage n'a pas été inutile, il m'est même resté du temps pour aller chez un antiquaire qui, par chance, n'avait pas fermé sa boutique pour les vacances et y faire l'acquisition d'une pièce fort intéressante, aimeriez-vous la voir ? La religieuse baissa les yeux et resta silencieuse quelques instants ; puis elle dit : Avec plaisir, mais ce sera pour une autre fois ; il se fait tard et je dois, moi aussi, régler quelques affaires à l'Hôpital. Permettez-moi de vous raccompagner en voiture, dit-il. Je vous prie de n'en rien faire, répondit la religieuse d'une voix presque inaudible, j'ai déjà trop abusé de votre bonté et la descente n'est pas fatigante. Avant de sortir elle s'arrêta sur le seuil du cabinet. Je ne sais comment vous exprimer ma reconnaissance, balbutia-t-elle. Vous n'avez pas à le faire, dit Augusto Aixelá ; vous vous sentez bien ? Oui, oui, très bien, répondit-elle, je vous assure ; peut-être un peu troublée par ce que vous m'avez raconté ; parfois, ajouta-t-elle, quand on met tout son cœur à quelque chose, il est difficile de ne pas se laisser emporter par les émotions, c'est puéril, je le sais. Elle sortit du cabinet, traversa le vestibule vide et, au moment de passer dans le jardin, le soleil la frappa en plein visage, elle ne vit pas la marche qui séparait la porte du sol, trébucha et fût tombée si des bras ne l'eussent retenue. En se retournant, elle vit la face bouffie du jardinier et sentit son haleine vineuse ; le bras était ferme, mais sans rudesse, et la physionomie semblait avoir perdu son expression idiote. Dès que la religieuse eut recouvré son équilibre, il la lâcha et recula de plusieurs pas ; il tenait respectueusement son béret à la main. Merci, dit-elle, le soleil m'a éblouie et je n'ai pas vu la marche. Elle se dirigea vers l'allée et il la suivit ; la végétation, régénérée par les récentes pluies, donnait au lieu une allure de forêt, presque malsaine. C'est inutile que tu m'accompagnes, dit-elle, je connais le chemin. L'idiot restait collé aux talons de la religieuse ; elle hâtait le pas, et il faisait de même. Il souriait en montrant une dentition parfaite. Dieu miséricordieux, pensa la religieuse, faites qu'il ne m'arrive rien de fâcheux. Elle avait à peine formulé cette idée qu'elle tomba inopinément sur les deux molosses. N'ayez pas peur, murmura l'idiot ; elle comprit alors qu'il l'avait accompagnée pour la protéger des chiens. Vous êtes de l'Hôpital, ma sœur ? demanda l'idiot. Oui, dit-elle. Ah, s'exclama-t-il, c'est une bonne action, une bonne action.

Quelques jours plus tard il tomba sur toute la Catalogne une pluie torrentielle qui fit de grands dégâts dans la ville de Bassora et aux alentours. Cette catastrophe n'épargna pas le village de San

Ubaldo : le ruisseau à sec qui marquait les limites de l'Hôpital vers le couchant devint en quelques heures un torrent tourbillonnant et profond qui débordait en plusieurs endroits de son cours naturel, submergeait les cultures et formait des bras qui filaient dans les champs, suivant le cours des chemins vicinaux, déposant çà et là des objets hétéroclites entraînés par la crue. Il en résulta que la salle d'opération de l'Hôpital fut inondée. Au nom de la communauté sœur Francisca vint chercher sœur Consuelo qui consacrait toutes ses heures libres à peaufiner les chiffres de son budget ; son expression annonçait la fin du monde. Il y a plusieurs centimètres d'eau sale dans la salle d'opération, dit-elle. Sœur Consuelo ne leva pas les yeux du dossier. Vous n'avez qu'à écoper et à désinfecter ensuite avec du chlore, dit-elle seulement. Sœur Francisca hésitait sur le seuil de la cellule. Qu'y a-t-il, ma sœur ? Sœur Francisca se racla la gorge : Il vaudrait mieux que vous veniez voir vous-même, ma révérende mère, murmura-t-elle. Dans l'escalier qui conduisait à la salle d'opération, douze religieuses se pressaient, la terreur peinte sur le visage ; elles avaient retroussé leurs manches jusqu'au coude et relevé le bas de leurs robes, et tenaient à la main des serpillières et des cuvettes, mais elles ne faisaient rien. Allons, mes sœurs, au travail, dit-elle. Voyant que ses paroles restaient sans effet, elle continua à descendre les marches et gagna la salle d'opérations :

le réflecteur était éteint pour éviter un court-circuit et toute la lumière venait de soupiraux étroits situés dans la partie haute de la pièce. Le sol était un lac couleur chocolat sur lequel la table d'opération se reflétait à l'envers. Les cuvettes contenant les instruments chirurgicaux étaient également pleines de ce liquide infect. Linges et compresses flottaient, ainsi qu'un masque d'anesthésie. Le doigt tremblant de sœur Francisca désigna une forme parmi les débris de la catastrophe : c'était un rat mort. Est-ce là ce qui vous fait tellement peur ? s'exclama la supérieure, faites-moi le plaisir d'aller le chercher sur-le-champ, sœur Francisca. L'interpellée montrait le blanc de ses yeux, telle une martyre livrée aux lions. Vous ne m'avez pas entendue, ma sœur ? Cela me donne la chair de poule, ma révérende mère. La supérieure entra dans l'eau, prit le cadavre par la queue et le remit à sœur Francisca. Prenez-le, lui dit-elle d'un ton impérieux, les rats sont peut-être dégoûtants mais ce sont aussi des créatures de Dieu ; jetez-le à la poubelle, mais sans simagrées. Elle réfléchit un moment, puis elle dit du haut de l'escalier : Je décide la fermeture indéfinie de cette salle d'opération pour de multiples raisons, tant hygiéniques que d'ordre technique ; dorénavant, et jusqu'à ce que soit inauguré le nouvel hôpital de Bassora, ceux qui voudront se faire opérer devront prendre l'autocar. Le médecin-chef apprit cette mesure radicale en arrivant à l'Hôpital avec deux heures de retard et en proie à la plus grande excitation. Le médecin bouleversé raconta au chœur stupéfait et effaré des religieuses et des malades qui s'était aggloméré autour de lui les effets de la tempête dans le centre urbain de Bassora où il vivait et dont il arrivait après avoir affronté mille difficultés. Tout avait commencé, expliqua-t-il, à minuit sonnant, quand les eaux déchaînées avaient rompu le mur de protection qui canalisait le cours de la rivière dans sa traversée de la ville. Du coup, de nombreuses installations industrielles et commerciales, situées précisément à proximité du canal pour en utiliser les eaux et y déverser commodément ordures et déchets industriels, avaient été inondées ou s'étaient écroulées, avec, dans tous les cas, des dégâts irréparables. Au centre de la ville, poursuivit le docteur, les choses avaient pris une tournure plus spectaculaire encore : la fureur des eaux avait arraché une bonne partie des arbres ainsi que les réverbères et les bancs publics, et emporté tout ce qu'elle avait trouvé sur son chemin, en particulier les voitures stationnées le long des trottoirs ; elle avait également soulevé ou défoncé de grands morceaux de chaussée. Les égouts avaient éclaté, recouvrant les rues et les places d'immondices inouïes. Dans certains quartiers, et plus précisément dans les quartiers neufs qui se trouvaient dans la partie basse, les eaux avaient envahi les maisons, obligeant leurs habitants à chercher refuge aux étages supérieurs et même sur les toits, et plusieurs personnes, des vieux ou des handicapés, avaient dû être délogées par les fenêtres. Admirable d'abnégation, le corps des pompiers ne pouvait faire face à toutes les urgences mais, compte tenu de l'état des routes et de la situation également catastrophique des agglomérations voisines, il ne fallait pas espérer recevoir un secours quelconque. Pour comble de maux, la trombe avait détruit la quasi-totalité du réseau électrique, de même que les canalisations d'eau potable ; les téléphones ne fonctionnaient pas : la ville était sans lumière et complètement isolée. Ces calamités supplémentaires avaient rendu extrêmement difficiles les opérations de sauvetage qu'il avait fallu mener dans des ténèbres que le docteur, qui n'y avait pas participé mais en tenait tous les détails d'un témoin oculaire, qualifia de « dantesques ». Dans l'obscurité, dit-il, on entendait des cris déchirants et des appels au secours désespérés venant des endroits où la tempête avait fait le plus de ravages. Vers les trois heures du matin, continua le docteur, les pompiers infatigables, avec l'aide de quelques volontaires, avaient évacué tous les habitants du quartier ouvrier d'El Arenal dont les foyers étaient menacés par les éboulements. Malgré tout, poursuivit-il, le nombre des victimes était beaucoup moins élevé que la catastrophe ne l'avait fait craindre à son début puisque, pour le moment, on ne parlait que de deux morts : deux femmes, l'une jeune, quinze ans environ, l'autre de soixante ans, s'étaient noyées au campement de gitans installé à la limite de la ville, tout au bord de la rivière. Ailleurs, deux autres femmes, une mère et sa fille, avaient failli subir le même sort, le mur sur lequel elles s'étaient réfugiées s'étant écroulé, mais elles avaient pu être sauvées au dernier moment. De toute manière, ajouta tristement le docteur, dès que la lumière de l'aube l'avait permis, les équipes de sauveteurs avaient commencé un impressionnant travail de déblaiement des bâtiments écroulés, car on craignait que des personnes n'y fussent enterrées. Les familles sans foyer avaient été logées provisoirement dans des écoles et autres édifices publics, jusqu'au moment où, l'espace manquant pour abriter tout le monde, il avait été décidé d'utiliser le cinéma Avenue, y compris son hall d'entrée dont on avait ôté, par respect pour la décence, une photo publicitaire grand format représentant Marilyn Monroe dans une pose provocante. On avait le cœur brisé, dit encore le docteur, au spectacle de ces malheureux qui avaient tout perdu d'un coup, qui avaient vu les eaux entraîner en quelques secondes les biens laborieusement accumulés au cours de longues années de sacrifice et qui se trouvaient maintenant dans une situation de grande précarité : arrachés brusquement à leur sommeil, ils avaient abandonné leur maison au milieu de la nuit en chemise ou en pyjama, et c'est à peine s'il y avait assez d'oreillers et de couvertures pour tout le monde. Dans la matinée, la radio avait informé ceux qui disposaient encore du courant électrique qu'un convoi de secours était parti en toute hâte de Barcelone avec à sa tête Son Excellence le gouverneur civil et chef provincial du Mouvement ; cependant, avait ajouté la radio, la progression de ce convoi, qui transportait des vivres, des médicaments, des vêtements et autres articles de première nécessité destinés aux sinistrés, se voyait gravement entravée par l'état des routes qui, en certains points, selon la description d'un speaker dont la voix tremblante trahissait l'effroi causé par ce spectacle, « ressemblaient à des fleuves au cours puissant ». Il ne fait pas de doute que cette année restera à tout jamais dans les mémoires comme l'année du déluge, affirma le docteur, ému par son propre récit, et il conclut en évoquant les difficultés qu'il avait lui-même rencontrées pour parvenir à l'Hôpital car les eaux avaient emporté un pont de la route communale, l'obligeant à faire un long détour plein de risques et d'incertitudes. Quant à la décision de la supérieure de fermer la salle d'opération *sine die,* le docteur dit qu'il n'avait rien à y objecter. En fait, il acceptait cette décision avec plaisir : il ne lui manquait que deux ans pour prendre sa retraite et la charge de médecin-chef de l'Hôpital commençait à lui peser. Moins j'aurai de travail et de responsabilité, se dit-il, mieux ce sera. Quant à sœur Consuelo, ces événements lui firent voir à quel point elle avait, dans les dernières semaines, vécu en s'attachant exclusivement au projet de réforme de l'Hôpital, faisant passer ses fantaisies avant les nécessités urgentes du présent. Je ne vis que pour mes rêves, se dit-elle, cela ne peut continuer ainsi. Elle rangea le budget et consacra son temps et son énergie à l'Hôpital. Ce changement d'attitude, dû aux événements dramatiques que nous avons relatés et dont la presse de l'époque se fit largement l'écho, lui apporta un grand soulagement, car elle vivait depuis plusieurs semaines dans un état d'inquiétude continuelle : elle ne trouvait le calme nulle part et se montrait exigeante et irritable au plus haut point avec ses subordonnées. Qu'est-ce qui m'arrive ? se disait-elle, me voici transformée en personne déséquilibrée. Son humeur était changeante : l'aube la réveillait remplie d'une allégresse extraordinaire, telle qu'elle ne se souvenait pas d'en avoir connu de toute sa vie ; mais quelques instants plus tard, quand elle reprenait conscience d'elle-même, elle était assaillie de préoccupations et d'angoisses inexplicables et devait faire appel à tout son bon sens pour ne pas se mettre à pleurer sans le moindre motif. Ces moments de contraste extrême, au cours desquels elle se croyait subitement transportée au sommet du bonheur pour tomber aussitôt dans le plus profond désespoir, se succédaient toute la journée de la façon la plus imprévisible et la plus embarrassante. Elle ne pouvait trouver la raison de ce trouble et, comme elle n'y voyait rien de répréhensible, elle n'en parlait pas à son confesseur qui, d'ailleurs, lui eût été de peu d'utilité. C'était un curé du voisinage, âgé, du nom de Pallarés. Il avait passé la guerre à fuir et à se cacher, et il avait eu tellement peur qu'il en avait légèrement perdu la boussole. Il racontait souvent comment, dans le désordre des premiers jours, pour ne pas être pris par les patrouilles qui le cherchaient en fouillant le village maison par maison, il s'était enfermé dans une tombe vide du cimetière dont deux personnes amies avaient scellé la dalle en promettant de revenir l'en sortir dès que le danger aurait disparu. Le pauvre avait passé deux jours et deux nuits dans ce lieu épouvantable, sans nourriture, presque sans air, et plongé dans une obscurité totale. Ses seules forces ne suffisaient pas pour soulever la pierre tombale et il craignait que ses sauveteurs n'aient pris la fuite, ne l'aient trahi, ou même n'aient oublié l'emplacement exact de sa cachette. C'était un homme peureux de nature et trop vieux pour affronter ce genre d'aventures ; il ne croyait pas avoir jamais fait de mal à quiconque et il connaissait personnellement les miliciens qui le cherchaient pour le tuer ; pour beaucoup d'entre eux, il les avait vus naître et leur avait administré les eaux baptismales. Et voici qu'à l'horreur de sa situation s'ajoutait celle de découvrir cette face insoupçonnée de la nature humaine, cet abîme d'intolérance, de haine ancestrale. La tristesse l'envahissait au point que, par moments, il eût préféré faire définitivement partie du monde des morts qui l'hébergeait provisoirement. Ici seulement règne la paix, pensait-il. Le temps qui avait coulé depuis ne lui avait pas fait oublier cette expérience dramatique. Bref, il n'était pas la personne idoine pour percevoir et comprendre les soubresauts et les égarements d'une âme féminine inexperte et troublée. Fais en sorte que le démon te trouve toujours bien occupée, lui disait-il.

Un jour, la sœur tourière lui annonça la visite d'un monsieur. Absorbée comme elle l'était par les problèmes de l'Hôpital, cette annonce lui causa une grande contrariété. Elle demanda qui était cet homme et la sœur lui dit que c'était le régisseur de don Augusto Aixelá. La sœur tourière était native de la région et connaissait le personnage. Par elle, la religieuse sut que le régisseur s'appelait Pepet Bonaire et qu'il appartenait, comme Pudenciana à laquelle il était apparenté, au clan des « Pelés ». Il jouissait d'une grande popularité à l'Hôpital car c'était un personnage aimable et gai, et aussi parce qu'en qualité d'administrateur de la famille Aixelá c'était à lui que revenait de faire les dons et les cadeaux dont cette famille favorisait l'institution. Sœur Consuelo le trouva assis sur un banc du vestibule : il était petit, bien en chair, les gestes posés, le regard intelligent et rusé. Bien qu'on lui prêtât un certain âge, vu qu'il administrait déjà les biens de la famille Aixelá de Collbató au temps du père de son actuel patron, il se leva avec une remarquable agilité dès qu'il vit la supérieure et lui fit une profonde révérence. Malgré la chaleur il portait un costume de velours, une large ceinture et une casquette à visière, avec de grandes bottes, crottées par les marches dans les marécages. Sœur Consuelo l'invita à passer dans son bureau, il répondit qu'il n'avait pas l'intention de s'arrêter plus que le strict nécessaire. En réalité, expliqua-t-il, il venait seulement pour rendre le dossier que don Augusto lui avait remis voilà quelque temps. Ah ! dans ce cas je ne vous laisserai pas partir sans avoir entendu votre opinion, s'exclama sœur Consuelo, passez dans mon bureau et je vous ferai apporter du café avec du lait et des biscuits au miel ; le café est de la lavasse, mais les biscuits sont faits ici et on dit qu'ils sont bons, vous devez les connaître. En effet, je les connais et je les aime beaucoup, mais je ne voudrais pas vous déranger ; je sais que vous avez eu des problèmes avec les inondations de ces derniers jours et que vous avez fermé définitivement la salle d'opération. Tout en disant cela, il se laissa conduire sans résistance par la supérieure jusqu'au bureau. Une fois là, ils parlèrent un moment du budget mais sœur Consuelo écoutait à peine les considérations de l'administrateur de propriétés : celui-ci était un homme pratique et extrêmement minutieux et, au jugement de la supérieure, il s'égarait dans un labyrinthe de détails sans doute importants mais de peu d'envolée. Si je continue à l'écouter, pensa-t-elle, je finirai par perdre tout intérêt pour le projet. En silence, elle cherchait le moyen de changer de sujet sans offenser son interlocuteur. Elle réussit finalement à diriger la conversation sur les démarches qu'Augusto Aixelá avait faites à Madrid. Il a été vraiment généreux et serviable de s'occuper de cette affaire en prenant sur le temps de celle qu'il avait à régler, commenta sœur Consuelo et, comme le régisseur se bornait à exprimer son accord par un léger hochement de tête, elle ajouta : Surtout si nous tenons compte de l'extrême gravité de cette dernière. Vous pouvez le dire, acquiesça le régisseur. Don José, dit la religieuse, qui ne se risquait pas à employer le nom de Pepet pour s'adresser à lui et encore moins le surnom sous lequel il était connu dans la région, ne me jugez pas indiscrète, mais j'ignore tout de cette affaire de Madrid ; je sais qu'elle touche le ministère de l'Intérieur et qu'elle revêt une grande importance ; je ne veux pas me mêler de la vie d'autrui et, si l'affaire est de nature privée, je vous prie de ne rien m'en dire ; mais si, comme j'en ai l'intuition, le problème dépasse ces limites et si je puis contribuer en quelque façon à sa solution ou simplement à son atténuation, n'hésitez pas à me confier de quoi il s'agit. Le régisseur sourit, reprit un air sérieux, puis eut encore un sourire fugace comme s'il se livrait à un débat intérieur ; après quoi il regarda de nouveau la religieuse, se carra dans son fauteuil, allongea les jambes, croisa les mains sur sa ceinture et dit : Je ne vois pas de quelle manière vous pourriez intervenir dans cette affaire, mais il est vrai qu'on ne sait jamais ; de toute façon, et vu que la chose est du domaine public, je ne vois pas non plus de raison pour ne pas vous mettre au courant des faits : après tout, vous êtes la supérieure des petites sœurs de l'Hôpital et donc un personnage important de la région. Il se pencha légèrement en avant : Voilà près d'un an, un bandit a fait son apparition dans la montagne. Bien que nous n'ayons pas eu de bandits dans les parages depuis la fin de la guerre civile, le fait n'a ému personne : il y a toujours eu des bandits dans les montagnes, de même qu'il y a toujours eu des voleurs dans les villes. En général, continua-t-il, ce ne sont pas de mauvaises gens : ils jouent à cache-cache et, pour peu qu'ils se montrent hardis et un peu intelligents, ils attirent la sympathie ; après tout les distractions n'abondent pas, ici, et au fond personne ne porte l'administration dans son cœur. Le vieux gérant adopta la diction posée et lente de celui qui s'apprête à raconter une histoire : Quand j'étais petit, mon père, qu'il repose en paix, disait qu'il y avait eu dans ces mêmes montagnes un bandit qui s'appelait Antonio Llobet, plus connu sous le nom du *Tiarru,* c'était un homme, dans tous les sens du mot, et un vrai bourreau des cœurs ; jusqu'au jour où il a été tué dans une rencontre avec la garde civile, il n'avait jamais manqué la fête du village : il dansait avec toutes les filles, jolies ou laides, il ne faisait pas la différence, il les prenait toutes et, après le bal, il entrait dans la taverne, commandait du vin pour tout le monde et allait de table en table trinquer avec chacun. Moi-même, dans mon enfance, je me souviens d'un dénommé Juan Budallés, alias Merdefrite, qui a fait beaucoup parler de lui : il assistait aux courses de taureaux qui avaient lieu de temps en temps à Bassora et décidait si un matador méritait une oreille ou les deux, ou bien s'il méritait d'être empoigné et jeté à la rivière, et ses décisions étaient exécutées à la lettre, quand bien même le ministre de l'Intérieur en personne aurait présidé la corrida. Un jour, il est entré dans une maison pour s'y faire servir à manger, comme il en avait l'habitude, et le maître des lieux, sous prétexte d'aller à la cave, est sorti, a fermé la porte à clef et s'est enfui en courant sans penser qu'il laissait derrière lui femme et enfants. Il n'avait pas fait un demi-kilomètre qu'il est tombé sur une paire de gardes civils à cheval, courez, messieurs, Merdefrite est chez moi. Mais quand il a vu arriver les gardes civils au galop, le bandit a fait sauter la serrure d'un coup de fusil et s'est échappé en prenant tous les risques : il n'avait pas voulu se battre dans la maison, parce que la femme et les enfants auraient pu écoper dans la fusillade. Le dimanche suivant, alors que tout le village sortait de la messe, Budallés et sa bande attendaient à la porte de l'église ; en le voyant, celui qui l'avait dénoncé s'est vu mort, mais sa femme a été plus rapide : elle s'est jetée à genoux devant le bandit en lui disant : Ne me le tue pas, Merdefrite. Je ne te le tuerai pas, femme, a dit le bandit, mais il faut bien que je lui donne une leçon pour qu'il apprenne à tenir sa langue ; et s'adressant au délateur, il lui a ordonné : Baisse ton froc, vermine. Ne vous inquiétez pas, ma sœur, ça se termine bien : la vengeance s'est soldée par quelques coups de fouet. Les autorités ont été moins clémentes quand elles lui ont mis la main dessus : il a eu droit au supplice du garrot dans la prison de Bassora l'année même du changement de siècle, les uns disent que c'est en 1900, les autres disent que c'est en 1901. La religieuse était troublée d'entendre ces histoires sauvages et le vieux gérant de plus en plus excité de se les remémorer. Je pourrais passer toute la nuit à vous raconter des histoires comme celles-là, ma sœur, mais je vous le répète : des bandits, il y en a toujours eu, et ils avaient tous leur nom de guerre et leur légende : Pedro le *Torrat* ou le Poivrot, Niseto dit la Bombe, Saute-trains, Luisito dit les Lunettes, et même un certain Saturnino dont on dit qu'il était une femme qui s'était réfugiée dans la montagne après avoir été violée par la garde rurale, mais en fin de compte, c'est comme je vous ai dit :

des braves gens qui ne cherchent noise à personne tant qu'on les laisse vivre. Il fit une pause, fronça les sourcils et reprit : Pourtant, cette fois, et sans raison apparente, don Augusto est devenu très nerveux : il s'est mis à dire que le bandit était à la tête d'un groupe nombreux et qu'il projetait de l'enlever ; à d'autres moments il disait qu'il n'y avait pas de bandit mais un détachement du « maquis » qui venait régler des comptes à propos de certains événements survenus au début de la guerre. Il se peut qu'il n'ait pas tout à fait tort dans les deux cas, car des enlèvements, il y en a eu plusieurs, et pour le reste, il y a forcément des blessures qui ne sont pas cicatrisées. Le problème, c'est qu'il a insisté auprès de la garde civile pour qu'elle aille dans la montagne et mette fin à la menace qu'il y voyait : plus tard, vu que les battues de la garde civile ne donnaient pas le résultat attendu, il s'est rendu à Barcelone pour solliciter du capitaine général l'intervention de l'armée. Le capitaine général lui a dit non ; même dans les pires années du « maquis » le gouvernement n'a jamais voulu mêler l'armée à l'affaire. Voilà pourquoi don Augusto est allé à Madrid, et là il a dû s'obstiner, faire les antichambres, Dieu sait pour quel résultat. C'est du moins ce qu'il m'a raconté. Maintenant, s'il est allé à Madrid pour d'autres motifs, je ne suis pas homme à faire des insinuations ; il faut que je m'en aille. Vous croyez vraiment, demanda la supérieure, que la vie de don

Augusto est en danger ? Le régisseur haussa les épaules et leva les yeux au ciel. L'avenir nous le dira, dit-il. La supérieure ne voulut pas insister, ne sachant pas si le régisseur était aussi simple que le laissait entendre sa réponse ou si, comme cela semblait problable, il préférait rester dans le vague. Il doit savoir quelque chose qu'il ne me dit pas, pensa-t-elle. Plus tard, seule dans sa cellule, les silhouettes de ces bandits qui, dans la bouche du régisseur, lui étaient apparus comme de pittoresques galéjades prirent des formes terrifiantes de réalité : elle se les représentait hirsutes et féroces, en train d'assener un coup de hache à Augusto Aixelá désarmé et échevelé. Cette vision, inspirée par ses craintes, lui semblait une prémonition dont l'accomplissement était inéluctable et la plongeait dans le désespoir, comme s'il s'agissait de quelque chose qui se fût passé en cet instant précis.

4

Le poste de la garde civile se trouvait dans une rue du village qui descendait de la place de l'Église à la rivière ; c'était une maison de deux étages dont les murs blanchis à la chaux ne portaient pour tout signe distinctif qu'un drapeau espagnol grossièrement peint sur le linteau avec la devise consacrée : TOUT POUR LA PATRIE. Un chien décharné couvert de mouches dormait sur le seuil. La supérieure et l'économe risquèrent prudemment un œil à l'intérieur : sur une grande table ronronnaient les ailettes en laiton d'un ventilateur noir. A cette table était assis un garde moustachu et ventripotent. Il ne s'attendait sans doute pas à avoir de la visite en cette heure torride de l'après-midi, car il était en maillot de corps et semblait plongé dans la lecture d'une livraison des aventures du Coyote. Sur le sol, près de la table, on pouvait voir une cruche en terre ; sur un portemanteau, la tunique et le tricorne, et dans l'angle formé par les murs, le mousqueton. Devant ce fier spectacle les deux religieuses rétrogradèrent de concert. Pourquoi venions-nous, ma révérende mère ? demanda l'économe tandis qu'elles pressaient le pas dans la rue. Pour rien, pour rien, mère Millás, répondit la supérieure. Leur présence n'était pas passée inaperçue du garde civil qui se reboutonnait en hâte à la porte de la gendarmerie sans s'apercevoir que ses bretelles pendaient ; perplexe, il regardait courir les deux bonnes sœurs qui avaient interrompu inexplicablement sa sieste.

Au moment où elles arrivaient à la porte de l'Hôpital, la sœur tourière sortit à leur rencontre et leur annonça une visite. C'est M. Aixelá! bredouilla-t-elle, la figure toute agitée. La supérieure sourit ; la présence de cet homme élégant, riche et galant bouleversait visiblement la sœur tourière. Je me suis permis de le faire passer dans votre bureau, dit celle-ci, cela ne me semblait pas convenable de le laisser planté dans le vestibule, avec toutes les faveurs dont nous lui sommes redevables ! Vous avez bien fait, ma sœur, la rassura la supérieure, et à l'économe : Allez à vos affaires, mère Millás, je vous ferai appeler si j'ai besoin de vous. Une ombre passa dans les yeux de l'économe. C'est la jalousie, pensa la supérieure, puis elle se dit immédiatement : Qu'est-ce qui me permet de juger de ces choses, en vérité ? Elle se dirigea vers le bureau d'un pas décidé et ouvrit la porte avec brusquerie. Augusto Aixelá se leva précipitamment de sa chaise. Nom d'une pipe, que se passe-t-il ? demanda-t-il. La supérieure entra et ferma la porte. Rien, répondit-elle. J'ai cru que vous veniez me vider proprement à coups de manche à balai, dit-il. Pas du tout, on m'a dit qu'il y avait quelqu'un qui m'attendait et j'ai un peu couru ; je n'aime pas faire attendre les gens. Je n'ai pas beaucoup attendu, dit-il, et cette fois c'est moi qui suis passé sans m'annoncer, je supposais que vous ne seriez pas sortie par cette chaleur, mais je vois que les températures élevées ne vous font pas reculer. Nous avons eu récemment, dit-elle, un grave problème avec la salle d'opération et je voulais envoyer plusieurs lettres urgentes pour en rendre compte, comme c'est mon devoir, aux autorités compétentes et à la révérende supérieure provinciale ; pour aller à la poste, j'ai décidé de profiter de ces heures de calme relatif. Puis elle soupira, fit une pause et ajouta sur un ton plus dégagé : Je dois avouer cependant que la chaleur est accablante ; vous permettez ? Elle traversa le bureau jusqu'à une console en pin adossée au mur sur laquelle se trouvaient un broc et une cuvette en faïence. La religieuse versa de l'eau dans la cuvette, se lava les mains et le visage, et se les sécha avec une serviette humide qui partait en charpie, accrochée à un clou près de la console. Tandis qu'elle se livrait à ces ablutions, elle sentit l'odeur de chou bouilli qui imprégnait sa robe et que même la promenade n'avait pas réussi à éliminer. Vous n'avez pas l'eau courante ? demanda Augusto Aixelá dans son dos. A l'Hôpital, si, mais pas dans les locaux de la communauté. Tout en parlant elle ouvrit la fenêtre, prit la cuvette et jeta l'eau dans le vide. La rivière est encore en crue, observa-t-elle. Ma révérende mère, dit le visiteur, auriez-vous l'obligeance de fermer la fenêtre, de remettre la cuvette à sa place et de me prêter un peu d'attention ? Oh ! excusez-moi, dit-elle en se troublant. Je suis venu pour parler de votre projet, dit-il, ne me dites pas qu'il ne vous intéresse plus. Non, non, au contraire, protesta la religieuse, qu'est-ce qui vous fait penser une chose pareille ? C'est le propre de la nature humaine de se défiler quand les rêves commencent à se réaliser, dit Augusto Aixelá. Sœur Consuelo devint sérieuse : Je ne suis pas une tête de linotte, dit-elle d'un ton ferme. Je le sais, dit-il, et je sais aussi que vous avez parlé avec Pepet. La religieuse répondit : Votre régisseur a eu la gentillesse de venir me voir, nous avons examiné le projet d'assez près et il m'a fait diverses observations extrêmement profitables. C'est un homme d'expérience, dit Augusto Aixelá, il est un peu âgé et les années l'ont rendu lourd et irritable, mais il connaît tout le monde et tout le monde l'aime et le respecte ; si vous réalisez votre projet son aide sera précieuse. J'y compte bien, dit la religieuse ; et vous, puis-je vous demander l'objet de votre visite ? Je mentirais si je vous disais qu'il y en a un, au moins pour ce qui touche au projet : je suis toujours sans nouvelles de Madrid, répondit-il. Il laissa errer son regard quelques secondes sur les murs du bureau et ajouta : J'ai eu connaissance de l'inondation et de la fermeture de la salle d'opération, et j'ai pensé que je devais venir m'en enquérir ; en un sens, depuis que vous m'avez mêlé à votre affaire, je me sens responsable de l'Hôpital. Si c'est moi qui vous ai imposé cette charge et non votre conscience, je vous en libère à l'instant, dit-elle sur le même ton de plaisanterie qu'il avait employé, mais je vous remercie en tout cas pour votre intérêt. Ne me remerciez pas, dit Augusto Aixelá, si je suis venu c'est aussi parce que votre compagnie et votre conversation me manquaient. Vous devez avoir bien peu de distractions dans ce village pour vous divertir au bavardage d'une pauvre religieuse ignorante, répondit la supérieure. Ne soyez pas hypocrite ou vous irez en enfer la tête la première, dit-il, et souvenez-vous que vous m'avez promis de venir voir ma collection d'art. Je ne vous l'ai pas promis et vous savez bien que je ne puis le faire, répondit la supérieure avec une légère pointe de tristesse dans la voix. Au contraire, répliqua-t-il, je crois que vous le pouvez et le devez ; ma collection est composée d'œuvres d'art sacré, elle ne comporte rien de profane ; en ce qui me concerne il s'agit seulement d'art, mais pour vous ce peut être à la fois beau et édifiant, comme l'est pour moi la fréquentation d'une âme sereine et vertueuse.

C'est de moi que vous parlez ? demanda la religieuse un peu confuse ; elle ne savait comment prendre cet étrange raisonnement. Il la regarda fixement. Ne vous est-il pas venu à l'idée que la Providence pouvait avoir un dessein en me plaçant sur votre chemin ? dit-il. Il m'arrive de me demander qui vous a réellement placé sur mon chemin, répondit la religieuse à voix basse. Alors, vous viendrez ? insista le cacique ; et avant qu'elle ait pu répondre il ajouta : Faites vous accompagner par l'économe, si vous le jugez utile.

Les chiens accoururent en aboyant mais, arrivés à sa hauteur, ils flairèrent ses habits et se calmèrent ; néanmoins sœur Consuelo attendit sans bouger la venue de Pudenciana. On voit qu'ils vous ont reconnue, observa la gardienne. Oui, dit la religieuse ; parfois mes habits sentent l'éther, parfois le chou, ou encore le savon, et pourtant ils reconnaissent toujours celle qui les porte, comment font-ils ? Il y a des choses pour lesquelles ils sont plus malins que nous, expliqua la gardienne, j'ai quelquefois l'impression qu'ils peuvent même sentir les bonnes ou les mauvaises intentions des visiteurs. Sœur Consuelo tendit précautionneusement la main vers un des chiens et, voyant qu'il n'avait pas de réaction hostile à son geste, lui caressa la tête. Hé ! n'exagérez pas, dit-elle à la gardienne. En se dirigeant vers la maison, elles croisèrent le jardinier ; il portait sur l'épaule un tuyau à demi enroulé, et le bec métallique qui pendait dans son dos traçait sur le sol une raie sinueuse. Quand la religieuse passa près de lui, il s'arrêta pour la regarder, bouche béante. Ferme cette bouche, nigaud, ou tu vas avaler une mouche, lui dit Pudenciana. L'autre jour il a été très aimable avec moi, dit la religieuse, il m'a accompagnée jusqu'à la grille et m'a protégée des chiens. Bah ! il ne sait pas ce qu'il fait, dit Pudenciana, il a attrapé des fièvres quand il était petit et il est resté comme ça : incapable de comprendre et de raisonner. Sœur Consuelo regarda l'idiot dans les yeux et n'y trouva qu'une inaltérable vacuité. Elle en fut troublée, et elles continuèrent leur chemin jusqu'à la maison. Le maître vous a donné rendez-vous à cette heure ? lui demanda la gardienne quand elles furent dans le vestibule. Il m'a donné rendez-vous, répondit la religieuse, mais à dire vrai il m'a dit de venir sans donner de date ni d'heure, ai-je mal fait ? Oh ! non, vous pouvez venir quand vous voulez, ma sœur, le ciel fasse que votre présence ici ait une bonne influence, dit Pudenciana, mais le maître est allé à la chasse ce matin et maintenant il se repose ; vous savez que pour la chasse il faut se lever avant l'aube. Mais je vais le prévenir, ajouta-t-elle. N'en faites rien, laissez-le dormir, je reviendrai un autre jour, s'empressa de dire la religieuse. Sur quoi elle se laissa tomber sur une des chaises en vannerie et annonça, en parfaite contradiction avec son propos précédent : J'attendrai ici qu'il se lève. Pudenciana fourrageait dans sa chevelure frisée. Je vais vous préparer la citronnade, finit-elle par dire. Non, laissez cela, je n'ai pas soif, à quoi faisiez-vous allusion quand vous disiez que je pourrais avoir une bonne influence ? demanda-t-elle. Pudenciana recommença à se gratter les cheveux. Le maître a besoin d'une bonne âme qui le remette sur le droit chemin, affirma-t-elle sentencieusement. Il s'en est donc à ce point écarté ? demanda la religieuse. La gardienne ébaucha un sourire entendu, sans lien apparent avec son ton sérieux et soupira : Ah ! ma sœur, si les murs pouvaient parler ! La supérieure se leva. Les murs ne peuvent pas parler, Pudenciana, mais vous oui, lui dit-elle, et si le crucifix que je porte à la ceinture vous inspire quelque respect, je vous adjure en son nom de me dire ce que vous savez. La gardienne demeura interdite devant le ton comminatoire de cette exhortation. Mon Dieu, murmura-t-elle, ne faites pas attention à mes paroles : je ne suis qu'une femme du peuple, qu'est-ce que je peux savoir, moi ? Ne faites pas l'imbécile, répliqua l'autre, cela fait vingt ans que je soigne les malades et j'ai treize religieuses sous mes ordres : je connais toutes les échappatoires et tous les faux-fuyants que peut inventer une cervelle humaine. La gardienne approcha une chaise de celle que venait d'occuper la religieuse et elles s'assirent toutes les deux. Le problème, c'est les femmes, dit Pudenciana lentement, comme si elle se disposait à exposer une théorie difficile à comprendre, c'est ce qui le perd ; personne ne le dirait à le voir si sérieux et si grave mais, comme on dit, il ne faut pas se fier aux apparences. Tout petit, continua-t-elle, il avait déjà le diable au corps, et aujourd'hui il a beau avoir grandi il n'a pas changé, et ce n'est bon ni pour sa santé, ni pour son héritage, ni pour le salut éternel de son âme, si vous voulez tout savoir ; on sait bien que les garçons sont coureurs par nature, mais le maître a causé bien des chagrins : celui qui sème dans le jardin d'autrui récolte forcément la haine et la violence. Elles se dressa brusquement et affirma : J'appartiens à cette maison et je ne peux pas en dire davantage. Avant qu'elle ne pût s'en aller, si telle était son intention, sœur Consuelo se leva aussi et la retint par le bras. Les deux femmes, têtes jointes, arpentaient le vestibule et leurs chuchotements se perdaient dans la pénombre de ce lieu sévère. Et il ne s'en est trouvé aucune pour lui faire courber la tête ? Il y a des années, répondit la gardienne, il y a bien des années. Une femme l'a aimé pour de bon ; pas comme les autres, pour jouer et pour la bagatelle, sauf votre respect, et après, bon vent ; celle-là était sérieuse mais elle n'a rien pu faire ; elle a dû penser que, par amour, elle pourrait lui pardonner ses fautes et l'accepter tel qu'il était, le corriger peut-être ; elle n'y est pas arrivée. Pourquoi ? Que s'est-il passé ? Je ne sais pas, pauvre de moi, se lamenta la gardienne, toute la journée entre mon poulailler et mes fourneaux, qu'est-ce que je peux savoir ? On dit qu'il l'a tourmentée jusqu'à ce qu'elle en perde la raison, ah ! si ces murs pouvaient parler ! Un beau jour nous ne l'avons plus vue, elle était partie et n'est jamais revenue, le temps a passé et le bruit a couru qu'elle était morte d'une façon horrible, je n'en sais pas plus. La gardienne observa une pause, comme si le souvenir de ce malheur d'une autre pesait sur sa conscience. Moi aussi j'étais très jeune à l'époque, continua-t-elle apparemment hors de propos, la guerre venait de se terminer ; il était entré dans le village avec les nationalistes, son père qui vivait encore était resté en France où il avait passé toute la guerre à l'abri, mais lui, méprisant la sécurité qu'on lui offrait, il avait passé les lignes pour aller lutter au côté des siens, il portait un pistolet à la ceinture et il fallait voir comme l'uniforme de la Phalange lui allait bien, toutes les filles soupiraient pour lui, les célibataires comme les mariées, et les mariées peut-être davantage. La religieuse s'arrêta net et lâcha le bras de la gardienne. Moi, je ne sais rien de ces choses, dit-elle fermement, pourquoi me les racontez-vous ? Pudenciana baissa les yeux, craignant d'avoir dépassé les bornes de la décence. Vous pouvez faire beaucoup pour lui, j'en suis sûre, murmura-t-elle confuse, vous êtes une sainte, ça se voit à votre figure, vous avez le regard d'une sainte.

L'entrée d'Augusto Aixelá interrompit la conversation à point nommé. Qu'est-ce que c'est que ces commérages, Pudenciana ? s'exclama-t-il. La gardienne étouffa un cri. Augusto Aixelá portait une robe de chambre en soie dont dépassait un pantalon de pyjama en coton rayé. Il y avait dans son regard une colère contenue qui effraya Pudenciana. Je faisais la conversation avec la sœur, balbutia la gardienne, son corps tremblait. Sœur Consuelo lui reprit le bras et lui adressa un sourire qui semblait dire : N'aie pas peur, je ne répéterai pas un mot de ce que tu m'as dit. Tu bavardes, lui reprocha le cacique, et tu ne lui as même pas apporté un verre d'eau, que va-t-elle penser de notre hospitalité ? Et pourquoi ne m'as-tu pas prévenu ? Elle voulait le faire, mais je ne le lui ai pas permis, s'interposa la religieuse, j'ai su que vous étiez allé à la chasse. C'est vrai, mais ne le racontez à personne : nous sommes encore en période de fermeture. Va-t'en, Pudenciana, mais reste à proximité, au cas où nous aurions besoin de toi, ajouta-t-il sans quitter des yeux la religieuse, et vous, excusez-moi de vous recevoir ainsi, je m'étais couché quelques instants ; ayez la bonté de passer dans le cabinet, je me change et suis à vous tout de suite.

Dès que la gardienne se fut retirée et avant qu'il n'en fît autant, la supérieure bredouilla précipitamment : Je n'ai pu venir accompagnée comme vous me l'aviez dit car il y a beaucoup de travail à l'Hôpital. En ce cas, répondit Augusto Aixelá avant de refermer la porte du cabinet, je vous remercie doublement de votre visite. Restée seule, la religieuse se mit à marcher de long en large, en proie à une grande nervosité. Pourquoi suis-je venue et qu'est-ce que je fais ici ? se demandait-elle. Oh ! il est inutile que je cherche à me donner des explications : Dieu me voit ; mais me comprend-il ? Cette pensée, qui semblait avoir été exprimée indépendamment de sa volonté, la fit s'arrêter, prise d'épouvante. Qu'est-ce que je dis ? Il faut que je sois devenue folle pour penser une chose pareille, qu'est-ce qui m'arrive ? Elle regarda autour d'elle comme si la réponse à son désarroi pouvait venir de ces tableaux délabrés. Elle avisa un miroir ancien accroché au mur ; habituée à l'austérité de la vie conventuelle, le reflet de sa propre image lui semblait un peu insolite et elle s'approcha, attirée par la curiosité ; dans la glace qui avait perdu son tain apparut un visage à peine reconnaissable dont les yeux la regardaient d'une façon intense et étrange. La pénombre du cabinet produisait sur le miroir une impression de vide dans lequel flottait ce visage tourmenté. J'étouffe, pensa-t-elle, il me faut de l'air ou je vais perdre connaissance. Elle essaya d'ouvrir la porte qui donnait sur la galerie extérieure, mais elle ne parvint pas à en actionner le bec-de-cane : force ou adresse, impossible de surmonter la turbulence de ses désirs. Elle traversa le cabinet en suffoquant et sortit dans le vestibule : les deux chaises où elles s'étaient assises, la gardienne et elle, pour échanger secrets et confidences demeuraient l'une près de l'autre, rompant la sobre symétrie du mobilier. La religieuse traversa le vestibule, ouvrit la porte par laquelle Pudenciana avait fui la colère de son maître et pénétra dans une pièce plongée dans l'obscurité. Une odeur écœurante la saisit, qu'elle connaissait bien mais n'eût pas imaginée dans cette maison. En tâtonnant le long des murs elle trouva un interrupteur, le fit jouer et alluma une ampoule nue suspendue au plafond par son fil. Cette lumière lui révéla une sorte d'office dont un mur était caché par un dressoir où s'alignaient des récipients en terre ; sur l'autre mur, pendus à une barre de fer, il y avait une douzaine de crocs auxquels étaient accrochés autant de lapins fraîchement tués dont le sang dégouttait. D'en haut, ces animaux semblaient regarder la religieuse avec une expression démente où la peur avait imprimé une cruauté inhabituelle. Le sang qui coulait de cette grappe lugubre tombait dans une cuvette d'aluminium avec un bruit monotone, sourd et irrégulier. Saisie de pitié et de dégoût devant ce spectacle, la religieuse fit demi-tour pour revenir au vestibule mais, ce faisant, elle se heurta à Augusto Aixelá qui était arrivé dans son dos sans qu'elle s'en aperçût. La surprise lui fit pousser un cri et son corps fut pris d'une convulsion suivie d'un évanouissement apparent. N'ayez pas peur, dit-il en la soutenant par les épaules, ce ne sont que des lapins morts. Par où êtes-vous entré ? demanda la religieuse avec un filet de voix. Par la porte, comme vous, êtes-vous sûre que la cornette ne diminue pas vos facultés auditives ? C'est la seconde fois que cela nous arrive. C'est bien possible, dit sœur Consuelo en recouvrant son équilibre et en retirant les mains du cacique de ses épaules, je viendrai vous voir chaque fois que j'aurai le hoquet. Puis elle poursuivit en fronçant les sourcils : C'est là ce que vous avez tué ce matin ? Il ne perçut pas l'expression de reproche dans les yeux de la supérieure et répondit : Il m'est arrivé de faire mieux, mais je n'ai pas à me plaindre. Il contempla la file de cadavres avec orgueil et ajouta : Je vais demander qu'on vous enveloppe quelques lapins pour que vous puissiez les rapporter à l'Hôpital, je ne saurais que faire de tout ce gibier. Au nom de l'Hôpital je vous remercie de votre don, dit la religieuse, mais si vous n'aviez pas besoin de la viande, pourquoi les avoir tués ? Par sport, dit Augusto Aixelá surpris, cela fait des années que la chasse n'est plus un moyen de se procurer de la nourriture mais une distraction et, comme telle, une fin en soi, ne me dites pas que la nouvelle vous prend de court. Non, mais je ne comprends pas quelle satisfaction peut procurer le fait de tuer un être vivant. Vous me ferez donc toujours la leçon ? protesta-t-il, les lapins sont faits pour ça, non ? Si on ne les tuait pas, ils dévasteraient les champs, ils envahiraient tout, vous savez à quelle vitesse ça se reproduit et combien c'est vorace et destructeur ; et puis quel mal il y a à tuer des animaux ? Les Apôtres se livraient à la pêche et, au bout du compte, la mort c'est Dieu qui l'ordonne. Il ne l'ordonne pas, répliqua la religieuse, il la permet, ce qui est très différent. Augusto Aixelá se mit à rire. Que diriez-vous de continuer à parler théologie en un lieu plus agréable ? proposa-t-il. Sœur Consuelo acquiesça de la tête ; elle était honteuse d'avoir commencé cette discussion. La chasse ne répugnait pas à sa conscience ; enfant, elle avait vu son père et ses frères revenir des champs fusils en bandoulière et carniers débordants de lièvres et de perdrix. Elle-même avait aidé à poser des pièges et attrapé à la glu grives et alouettes qui finissaient rôties sur la table familiale. Ma contrariété est due à la mauvaise période que je viens de traverser, pensa-t-elle, il est évident que mon système nerveux est perturbé, je ne suis pas maîtresse de mes réactions : il y a un instant, dans le cabinet, j'ai été prise d'hystérie et maintenant dans ce lieu sinistre je me sens bien, apaisée, je me permets même de plaisanter et de faire de la morale. Ah ! il est inutile de mentir : c'est sa présence qui a opéré ce changement ; et pourtant, comment puis-je me sentir tellement en sécurité près de lui après toutes les choses terribles que Pudenciana m'a racontées ? Bah ! ces histoires affreuses sont sans doute des racontars ; sinon je ne me sentirais pas aussi tranquille, se dit-elle.

5

Ils sortirent dans le vestibule et montèrent l'escalier qui menait à l'étage ; puis ils parcoururent un long couloir spacieux dont les murs étaient ornés d'immenses portraits. Par les fentes des volets qui protégeaient ces portraits des effets du soleil filtraient des rais de lumière qui révélaient la présence dans l'air de minuscules particules de poussière. Les portraits étaient solennels et inexpressifs, mais leur taille et les couleurs des vêtements des personnages représentés leur donnaient un aspect imposant ; tous ces portraits, y compris ceux d'enfants morts sans doute de la rougeole ou de la coqueluche à l'aurore de la vie, dégageaient une vague fatuité qui les rendait antipathiques. Augusto Aixelá n'ouvrit pas la bouche pour les commenter à son hôte ou lui dire qui ils représentaient. Le couloir débouchait sur un salon rond, haut de plafond et voûté ; les murs étaient tapissés de soie et le plafond décoré de pudiques allégories portant des fleurs et des fruits dans leurs bras boudinés. L'argenterie luisait sur des commodes et des secrétaires, dans des vitrines, et la douce lumière de l'après-midi pénétrant à travers les rideaux teintait de jaune la lourde polychromie des porcelaines. Ils ne s'y arrêtèrent pas non plus.

Ils pénétrèrent dans une chambre meublée avec une simplicité monacale, qui sentait le camphre ; le lit à colonnes torsadées était fait, comme si quelqu'un occupait régulièrement cette chambre, et un vase, sur l'écritoire, contenait un bouquet de fleurs des champs. Avant que sœur Consuelo eût pu exprimer son étonnement, Augusto Aixelá dit : Voici la chambre de ma mère, c'est ici qu'elle a passé les longues années de sa maladie et c'est ici qu'elle est morte ; mon père d'abord et moi ensuite avons conservé la pièce dans l'état où elle était quand elle l'a quittée ; les domestiques se chargent de la garder propre et de changer le linge, mais personne ne s'en est servi depuis ce triste jour. Parfois, ajouta-t-il en baissant la voix, je viens un moment, seul, dans cette chambre, je m'assieds sur cette chaise où elle aimait laisser s'écouler les heures en regardant par la fenêtre... Je me suis permis de vous mener ici parce que je voulais que vous la voyiez ; je ne l'avais jamais montrée à personne. Sœur Consuelo s'approcha de la fenêtre et écarta les rideaux de cretonne, elle vit le potager et le bassin, laissa retomber la cretonne et s'appuya sur le bord de l'écritoire. Augusto Aixelá lui prit le bras. Vous êtes toute pâle, vous vous sentez bien ? Elle se laissa conduire en silence à travers la maison jusqu'à la galerie extérieure. Le perroquet l'y reçut par ses pieuses salutations, criardes et machinales. L'après-midi commençait à décliner.

Asseyez-vous, on va vous apporter à boire, dit-il. Non, non, ne vous dérangez pas... et ne partez pas, le pria la religieuse, ce calme me fera plus de bien que toute autre chose, et nulle part je ne serai mieux qu'ici. Elle ferma les yeux et demeura immobile ; son visage conservait sa pâleur, et sa poitrine était agitée comme si elle venait d'accomplir un effort exténuant. Elle demeura ainsi un moment. Augusto Aixelá l'observait en silence. Sans s'annoncer, Pudenciana apparut silencieusement avec un verre d'eau fraîche. Le cacique prit le verre et fit signe à la gardienne de les laisser seuls. Puis il posa sa main libre sur la joue de la religieuse et la trouva fiévreuse. Au contact de sa main, elle ouvrit les yeux et lui adressa un regard chargé d'une profonde tristesse. Buvez cette eau, dit-il en lui tendant le verre. La religieuse vida le verre à petites gorgées puis se leva et sortit de la galerie sans raison apparente, comme si cet acte répondait à un appel extérieur. Augusto Aixelá resta assis ; il la vit d'abord traverser le jardin pour disparaître ensuite sous l'arceau de cyprès taillés qui menait au potager ; alors il se leva et la suivit avec une lenteur délibérée. Arrivé à l'entrée du potager, il s'arrêta et l'observa : la religieuse marchait dans l'allée qui traversait les plantations, perdue dans ses pensées. Comprenant qu'elle ne souhaitait pas être dérangée, le cacique demeura là où il était, sans rien faire qui trahît sa présence. Un coup de tonnerre retentit ; il leva les yeux et vit s'approcher de gros nuages d'orage ; il rejoignit sœur Consuelo près du canal et lui dit : Il va pleuvoir, il serait plus prudent de rentrer, mais elle n'entendit pas ce qu'il disait ; penchée sur le bord elle regardait, fascinée, cette masse d'eau trouble. Ne vous approchez pas tant, la prévint Augusto Aixelá, ce bassin est traître : il est beaucoup plus profond qu'il n'en a l'air et les berges ne sont pas sûres à cause de la vase ; la légende prétend qu'une jeune fille s'est noyée ici par chagrin d'amour et, depuis, on dit que le bassin est maudit. La religieuse se signa mais ne cessa pas de regarder l'eau. Les gros nuages couvrirent le ciel et noircirent la surface de l'eau ; un instant leur ombre s'y refléta en formes confuses qui semblaient habiter le fond obscur du bassin ; mais, avant que les images ne prennent un sens, de grosses gouttes commencèrent à tomber pour former une multitude de cercles. Les gouttes se transformèrent en forte averse. Voyant que la religieuse restait immobile et insensible à la pluie, Augusto Aixelá la prit par les épaules et l'obligea à se retourner. Vite, ou nous allons être trempés, cria-t-il en essayant de se faire entendre au-dessus du grondement de l'orage. Ils coururent tous deux vers la maison à travers le potager transformé en bourbier. Le rideau de pluie que le vent faisait onduler leur permettait à peine de voir la silhouette confuse de l'arceau de cyprès. Augusto Aixelá continuait à serrer sœur Consuelo comme pour l'empêcher d'être emportée par les tourbillons de vent qui fouettaient les branches des arbres et cinglaient les tiges des plants de tomates. Elle se laissait conduire sans résistance, soumise et fragile comme si sa constitution naturellement forte eût été gagnée par l'état de défaillance où se trouvait son esprit. Ils arrêtèrent leur course en arrivant dans la galerie et restèrent enlacés quelques instants ; le perroquet épouvanté poussait des cris stridents ; Augusto Aixelá approcha ses lèvres de celles de la religieuse mais celle-ci le repoussa doucement. Non, dit-elle dans un murmure. Elle se détacha de l'étreinte, alla vers la porte qui séparait la galerie du cabinet et entra. Augusto Aixelá la suivit ; à l'intérieur, une surprise les attendait.

Debout au milieu du cabinet, le chef de la garde civile contemplait avec curiosité ce couple invraisemblable et hagard ; il avait gardé sa capote et son tricorne mais avait posé son mousqueton contre le mur. Ça alors, Lastre, vous ici, s'exclama le cacique, et avant que l'autre n'ait eu la possibilité de répondre, il ajouta : L'averse nous a surpris dans le potager et nous sommes trempés comme une soupe. L'inutilité de cette explication dénotait un trouble qui n'échappa pas au brigadier. Tant Augusto Aixelà que sœur Consuelo se demandaient si, par la fenêtre, il avait assisté à la scène de la galerie. Je crois que vous ne vous connaissez pas, enchaîna le maître de maison en recouvrant sa désinvolture habituelle, le brigadier Lastre est chargé de maintenir la paix et la bonne administration dans cette région, chose qui n'est pas toujours facile ; sœur Consuelo est la directrice de l'Hôpital. Le brigadier porta la main à son tricorne mais, au moment de saluer militairement, il se ravisa, hésita et, finalement, jugeant le geste plus adéquat, se découvrit en présence de la religieuse ; celle-ci avait déjà incliné la tête, ce qui gâta la cérémonie ; sous l'effet de l'eau, les ailes amidonnées de la cornette lui tombaient sur la figure. Ne nous sommes-nous pas déjà rencontrés, ma sœur ? demanda le brigadier. La religieuse se souvint de la visite manquée à la gendarmerie en compagnie de l'économe, mais elle s'abstint d'en faire état. Nous nous sommes probablement croisés dans la rue, dit-elle avec une humilité dont l'affectation fit sourire le cacique. Elles sont toutes pareilles, pensa-t-il, et, s'adressant au garde : Je regrette de ne pouvoir vous recevoir maintenant comme j'en aurais le désir, mais il est urgent que sœur Consuelo regagne l'Hôpital si nous ne voulons pas qu'elle attrape une pneumonie. Le brigadier interpréta correctement l'ordre voilé que lui donnait le cacique et dit : Je comprends parfaitement et, si vous me le permettez, je me ferai un plaisir de l'accompagner moi-même à l'Hôpital ; je suis justement venu en Land Rover en prévision d'une averse ; vu l'état du terrain, elle sera plus en sécurité dans ma voiture. Le service météorologique, expliqua le brigadier, avait annoncé une forte bourrasque, et les autorités avaient mis en place tous les moyens susceptibles d'éviter des accidents tels que ceux survenus récemment à Bassora et en d'autres points de la Catalogne. Il ajouta que la population était néanmoins inquiète. Quant à ce qui m'a amené ici, poursuivit-il, ce n'est ni urgent ni d'une grande importance ; peut-être me laisserez-vous passer demain matin chez vous, don Augusto, à moins que vous ne préfériez descendre à la gendarmerie. Venez donc, Lastre, répondit le cacique, si le temps et vos obligations vous le permettent, nous goûterons un jambon de pays qui vient de m'arriver et qui n'attend que ça. Le brigadier remit son tricorne et salua martialement. Il s'effaça pour laisser Augusto Aixelá ouvrir la porte ; la religieuse sortit dans le vestibule sans lever les yeux du sol, les deux hommes la suivirent. Dehors il pleuvait toujours à torrents. Je vais amener la voiture devant la porte, dit le brigadier en s'enveloppant dans sa capote dont les plis laissaient passer le canon bleuté de son arme. Profitant de l'absence de ce témoin inopportun, Augusto Aixelá prit la main glacée de la religieuse et l'attira à lui. Reviens demain, dit-il. Elle retira sa main et fit non de la tête. Au moins regarde-moi dans les yeux, protesta-t-il, mais elle se borna à répéter son geste. La voiture s'était arrêtée devant la porte. Tu ne changeras pas d'idée ? demanda Augusto Aixelá. Sœur Consuelo leva la tête et fixa sur lui un regard où flambait la folie. Plutôt mourir, s'exclama-t-elle, et elle courut vers le véhicule. Le brigadier ouvrit la portière, au centre de laquelle trônait l'écusson de sa glorieuse institution ; dès que la religieuse fut entrée, il la referma, fit le tour de la voiture et s'installa au volant. La voiture roulait déjà quand Pudenciana sortit en courant de la maison ; elle portait un gros paquet enveloppé dans un grand mouchoir ; sautant entre les flaques, elle parvint à remettre le paquet à sœur Consuelo par la fenêtre. La boue soulevée par les roues arrière éclaboussa de haut en bas le tablier de la gardienne. Quand ils eurent passé la grille et furent sortis sur le chemin, la religieuse défit le nœud du mouchoir pour voir ce qu'il contenait ; plusieurs lapins morts en tombèrent et roulèrent sur le plancher de la voiture.

Secouée par les cahots de la voiture qui franchissait les accidents de terrain les plus abrupts, traversait des torrents déchaînés et roulait presque tout le temps à travers champs sous un rideau de pluie, sœur Consuelo cherchait à tâtons les lapins qui valdinguaient à l'intérieur. Plus attentif à la conduite qu'à sa passagère, le brigadier lui demanda ce qu'elle cherchait sous les sièges et la religieuse lui répondit par un balbutiement incompréhensible. Le brigadier ralentit. Je sais que ce sont des lapins, dit-il en élevant sa voix rauque par-dessus le ronflement du moteur et les heurts métalliques de la carrosserie, et je sais aussi que don Augusto les chasse en dehors de la saison, mais ça m'est égal, après tout les terres sont à lui, les lapins sont à lui, et les braconniers ne relèvent pas de ma juridiction ; ce qui me préoccupe davantage, c'est qu'il sorte courir la montagne en ce moment ; je lui ai dit mille fois qu'un de ces jours il finira comme un de ces foutus lapins, sauf votre respect. La religieuse, qui avait réussi à refaire le ballot, se réinstalla sur son siège. De sa main libre elle tentait de décoller de son visage les ailes de la cornette. Je dois avoir fière allure, pensa-t-elle. Et s'adressant au garde : C'est donc vrai qu'il y a du danger dans la montagne ? Le garde fit une manœuvre brusque qui faillit les faire se retourner. Est-ce que je serais ici s'il n'y en avait pas ? rugit-il. Comme la question semblait contenir implicitement la réponse, la religieuse ne dit rien.

Dans sa cellule, elle se sécha et changea de robe, puis elle courut au réfectoire où toute la communauté, sauf les quelques membres qui restaient de garde auprès des malades, l'attendait rassemblée pour le benedicite. Elle fit un effort surhumain pour manger, un peu parce qu'il ne lui semblait pas convenable de faire la fine bouche devant un blanc de poulet avec des poivrons à l'huile pendant que le reste de la communauté expédiait avidement une maigre soupe au pain, et aussi parce qu'elle se sentait observée en tapinois par l'économe. La mère Millás occupait depuis des années la charge d'économe et s'occupait en même temps des difficiles questions financières de l'Hôpital; elle exerçait ces deux fonctions de façon désastreuse, avec la plus grande inefficacité et dans le plus grand désordre, ce qui n'avait pas empêché tout le monde d'être convaincu que, le jour où la supérieure locale laisserait son poste vacant, celui-ci lui reviendrait en récompense de son ancienneté et de son zèle; néanmoins, quand l'occasion s'en était présentée, la supérieure provinciale, considérant probablement que la mère Millás joignait à son incompétence un caractère quelque peu difficile et une maladresse dans les relations sociales qui étaient cause de continuels malentendus et de problèmes avec les autres sœurs, les médecins, les malades, les fournisseurs, bref avec tous ceux qui avaient affaire à elle, choisit de l'oublier et de nommer supérieure locale sœur Consuelo qui était beaucoup plus jeune que la mère Millás mais, au jugement de la supérieure provinciale et de son Conseil, mieux armée pour cette responsabilité. Étant donné que la nouvelle supérieure locale et l'économe devaient œuvrer en étroite collaboration, la supérieure provinciale, une fois annoncée son élection, laissa en suspens la nomination de la mère Millás au poste d'économe, et entre les mains de la supérieure locale sa confirmation dans ladite charge ou le choix de celle qui devait l'y remplacer. Naturellement sœur Consuelo s'était empressée de confirmer la mère Millás dans son ancienne charge, alléguant que personne ne pouvait la remplir mieux qu'elle et affirmant sa certitude d'une collaboration facile, agréable et bénéfique. Depuis lors il n'y avait eu dans leurs relations aucun motif de plainte, mais il était logique de supposer que la mère Millás, sans même s'en rendre pleinement compte, abritait quelque rancœur pour le chapelet d'humiliations qu'elle avait subies. Sœur Consuelo essaya de feindre de ne pas s'apercevoir de l'examen dont elle était l'objet mais, malgré tous ses efforts, elle n'arrivait pas à manger : la simple idée d'avaler un petit morceau de poulet la rendait malade. Le souper terminé et prétextant sa fatigue, au lieu de dispenser à son troupeau une causerie édifiante, elle opta pour lire des passages d'un livre de méditations pieuses. Elle faisait secrètement confiance à la pluie pour distraire les religieuses et les empêcher de prêter trop d'attention à sa lecture, car elle ne savait pas ce qu'elle lisait, ne comprenait pas les phrases qu'elle prononçait et n'était même pas tout à fait sûre d'émettre des sons compréhensibles. L'économe la regardait maintenant avec une fixité inquiétante. Un nœud dans la gorge l'empêcha de poursuivre la lecture. Je ne peux pas me mettre à pleurer devant toutes les sœurs, pensa-t-elle, elle fit signe à la mère Millás et la pria de venir prendre sa place devant le pupitre. D'avoir été tellement mouillée a dû ébranler légèrement ma santé, dit-elle, je suis un peu indisposée, lisez, ma mère, j'écouterai. L'économe lut d'une voix fluette et monotone : Ceux qui aiment vraiment d'amour aiment tout ce qui est bon, veulent ce qui est bon, louent ce qui est bon, ils n'aiment que ce qui est vrai et digne ; ils sont sans haine, ils ne connaissent pas l'envie, tout cela parce qu'ils ne prétendent à rien d'autre qu'à contenter l'aimé, ils meurent de son amour, et consacrent ainsi leur vie à comprendre comment lui plaire davantage. A cet endroit, sœur Consuelo laissa échapper un sanglot si sonore qu'il obligea la lectrice à s'interrompre. Au milieu d'un silence attentif, la supérieure tira un mouchoir de sa manche et se moucha dans l'espoir que ce cri de détresse jaillissant de son âme tourmentée puisse passer aux yeux de la communauté pour un éternuement. Puis elle dit : Continuez, mère Millás.

L'orage se prolongea tard dans la nuit. La fulgurance inhumaine des éclairs traversait les volets de la cellule de sœur Consuelo et peuplait les murs de fantômes éphémères, les coups de tonnerre retentissaient avec des accents d'outre-tombe et le vent charriait l'odeur soufrée de la terre frappée par la foudre. Pour la première fois de sa vie, sœur Consuelo éprouva la terreur de la colère divine et passa des heures interminables la tête sous le drap à implorer l'intercession de la Très Sainte Vierge. Au cours de la nuit, elle eut l'occasion de réfléchir sur ce qui s'était passé et, plus généralement, sur les événements qui l'avaient conduite à la situation présente, et de voir le caractère insoutenable de celle-ci. Dans les termes les plus fermes et les plus solennels, elle promit de réparer le mal commis et de fermer la porte à de nouvelles occasions de pécher. Aux premières lueurs de l'aube, elle rédigea une longue lettre à l'intention de la supérieure provinciale : sœur Consuelo y confessait ses fautes en détail : j'ai porté mes yeux et ma convoitise sur un objet humain et j'ai dissimulé ma faute par des mensonges, disait-elle, un orgueil que je n'hésite pas à qualifier de satanique m'a fait croire que je pouvais affronter le monde et sortir indemne de son contact ; je sais maintenant à quel point j'étais dans l'erreur et combien l'âme est fragile face à l'assaut des passions quand Dieu Miséricordieux ne la soutient pas de sa grâce divine. Pour ces raisons, poursuivait la lettre, elle implorait le pardon de la révérende supérieure provinciale et, par son intercession, celui de la révérende supérieure générale, et se remettait entre leurs mains pour recevoir d'elles le châtiment qu'elles estimeraient opportun de lui infliger ; quant à elle, elle renouvelait ses vœux d'obéissance, de pauvreté et de chasteté, et suppliait la hiérarchie de daigner lui accorder d'être transférée en un autre lieu, loin de celui où elle se trouvait, et de passer de la vie apostolique et du soin des malades à une vie contemplative de silence perpétuel et de solitude. Elle relut ce qu'elle avait écrit, le trouva satisfaisant et signa. Puis elle le mit dans une enveloppe qu'elle adressa à la révérende supérieure provinciale de l'ordre, et l'affranchit. Après quoi elle prit une autre feuille de papier et commença une seconde lettre, adressée à Augusto Aixelá et rédigée dans les termes suivants : Cher monsieur, des raisons de santé m'obligent à abandonner immédiatement l'Hôpital et à changer de résidence ; cependant je ne voudrais pas partir sans vous dire adieu en vous remerciant pour toutes vos attentions et en vous priant d'excuser les désagréments que j'ai pu vous causer. J'ignore si cette décision, continua-t-elle, te causera autant de douleur que j'en ressens, mais tu dois comprendre, mon amour, qu'il est parfois nécessaire d'ouvrir ses yeux à la lumière et de fermer son cœur au sentiment ; sauras-tu le comprendre et me pardonner ? Fais-le, mon amour, mon bien, ton pardon m'importe plus que celui de Dieu lui-même. Parvenue à ce point, elle se rendit compte qu'elle commençait à divaguer. Elle déchira la lettre en morceaux minuscules, et alla ouvrir grands les volets de la fenêtre. Le soleil se levait et toute trace de nuages avait disparu du ciel. Croyant voir dans le retour du beau temps un signe d'absolution, elle rendit grâce à Dieu, se lava et courut à l'appel de matines. En passant par le vestibule pour se rendre à la chapelle elle rencontra le facteur qui remettait le courrier à la sœur tourière. Vous êtes matinal aujourd'hui, dit-elle. Oui madame, répondit le facteur, hier, avec la tempête, il n'y a pas eu de distribution et aujourd'hui j'ai double travail. Heureusement, ajouta-t-il, cette fois il n'y a pas eu d'inondations. C'est encore un signe, pensa la supérieure. Elle sortit de sous sa robe la lettre adressée à la supérieure provinciale et la tendit au facteur en lui disant : Tenez, prenez cette lettre, vous m'éviterez d'aller la mettre à la poste.

Dans le confessionnal, le curé Pallarés somnolait. Mon père, j'ai éprouvé l'appel de la chair, chuchota-t-elle, et j'ai péché par témérité et par orgueil. Ma fille, Dieu Tout-Puissant permet que le diable nous tente pour éprouver notre foi ; nous ne devons pas succomber à la tentation, ainsi que nous l'a enseigné Notre Seigneur Jésus-Christ quand il a repoussé par trois fois les offres et les flatteries du Malin ; prie beaucoup, il n'y a pas mieux que la prière. Je suis dans la plus grande confusion, mon père, aidez-moi. Concentre-toi sur ton travail, ma fille, pense que Dieu t'a confié une tâche importante sur cette terre ; mais que cette tâche ne te rende pas présomptueuse et ne t'écarte pas de Dieu : de même que le Christ a dédaigné d'être le roi de ce monde, de même nous devons comprendre que le travail n'est qu'un moyen pour aller au Christ : le travail est bon s'il nous aide à atteindre ce but, mauvais s'il nous en éloigne ; en aucun cas nous ne devons permettre qu'il nous attache aux choses terrestres. Hébétée par les tribulations et les insomnies des heures précédentes, ces paroles creuses lui parurent un modèle de sagesse. Merci, mon père, maintenant tout est clair, murmura-t-elle en baisant l'étole entre les rideaux du confessionnal. Elle communia et se sentit envahie de bonheur, comme si tout ce qui avait motivé le désespoir de la veille avait été effacé de sa vie et de sa mémoire. Le soir venu, elle se coucha, vaincue par la fatigue physique, et s'endormit immédiatement.

Elle se réveilla un peu avant l'aube, oppressée par une idée qui s'était apparemment cristallisée pendant son sommeil et qui se présentait maintenant à ses yeux comme quelque chose d'évident et d'irréfutable. Si la lettre est partie hier matin, se disait-elle, elle sera aujourd'hui même dans les mains de la supérieure provinciale, laquelle, vu le caractère de son contenu, prendra immédiatement les mesures concernant mon transfert ; il est très probable que dans les deux ou trois jours qui viennent je vais devoir partir d'ici pour toujours et, s'il doit en être ainsi, je ne puis m'en aller sans donner une explication à Augusto Aixelá; en fin de compte, ce n'est pas lui qui porte la faute de ce qui est arrivé ; s'il a montré quelque inconvenance, il ne l'a fait que parce que je lui en ai donné l'occasion, et en dernière instance aucun vœu ne l'oblige à observer une attitude irréprochable. Puis elle se dit encore : Je lui suis redevable de nombreuses bontés, non à titre personnel, mais comme représentante d'un ordre religieux que je laisserais en fort mauvaise position si je m'en allais maintenant sans dire mot. Dieu seul sait jusqu'à quel point il a engagé sa réputation et son patrimoine auprès des autorités de Madrid pour se porter garant de mes fantaisies. Ce serait réellement une bassesse que de me comporter maintenant avec lui de façon hautaine et distante pour le seul bénéfice de mon bien-être spirituel. Cette idée continua de l'assiéger toute la journée, chaque heure qui passait emportait un peu de l'ultime occasion de faire ses adieux à Augusto Aixelá et, contre la souffrance que lui donnait cette certitude, elle ne trouvait aucun argument dissuasif. Lui écrire serait inutile, se disait-elle, j'ai déjà essayé et le résultat a été déplorable ; il faut que j'aille le voir et que je lui expose en tête-à-tête les choses telles qu'elle sont. Après le repas, sans en aviser personne, elle sortit de l'Hôpital ; elle dit seulement à la sœur tourière : Je vais à un rendez-vous, je ne serai pas longue. La sœur inclina la tête en silence et referma la porte derrière elle.

6

Elle marchait vite, en regardant continuellement derrière elle et sur les côtés du chemin car elle craignait d'être vue ; elle s'arrêtait aux carrefours et ne se risquait à les franchir qu'après s'être assurée qu'elle n'y rencontrerait personne. A un tournant, elle vit arriver la voiture de la garde civile et se dissimula dans les fourrés qui poussaient dans le fossé, les ronces lui griffèrent les mains, le véhicule passa à quelques mètres de sa cachette en soulevant un nuage de poussière qui demeura immobile dans l'air brûlant de l'après-midi. Elle ne sortit pas avant que le bruit du moteur ne se fût éteint dans le lointain, laissant les seules cigales troubler la quiétude de la campagne. Devant la grille entrouverte elle ne put s'empêcher de se souvenir avec nostalgie de sa première visite dans cette maison où elle venait maintenant pour la dernière fois, et de sa rencontre avec les chiens de garde qui maintenant, à la différence d'alors, accouraient avec des jappements joyeux. Lion,

Noiraude, mes chers amis, dit-elle en les caressant. Les chiens léchèrent le sang qui traçait des pointillés sur le dos de ses mains. Pudenciana arriva et dit : Je vous attendais, le maître m'a prévenue que vous viendriez, je lui ai répondu que non, mais il m'a dit : elle viendra, guette-la et amène-la-moi sans faute. Je suis venue faire mes adieux, Pudenciana, soupira la religieuse. Augusto Aixelá la reçut dans le cabinet. Laisse-nous seuls, Pudenciana, ordonna-t-il. Non, apporte-moi un verre d'eau fraîche, j'ai la bouche sèche, dit sœur Consuelo du ton tranchant d'une personne habituée à commander sans admettre de réplique. La gardienne hésitait. Fais ce que te dit la supérieure, dit le cacique. A peine Pudenciana fut-elle sortie qu'Augusto Aixelá se précipita sur la religieuse ; celle-ci lutta pour se libérer de l'étreinte. Laisse-moi, balbutia-t-elle. Il la lâcha et elle se réfugia à l'autre bout de la pièce. Si tu ne veux pas que je t'embrasse, pourquoi es-tu venue ? demanda-t-il. Pour te dire adieu ; j'ai écrit une longue lettre à la supérieure provinciale dans laquelle je lui dis que je dois quitter ce lieu ; je demande également d'entrer en clôture ; ma décision est définitive et la lettre est partie. Elle fit une pause, s'éclaircit la gorge, et ajouta plus calmement : Je voulais te le dire de vive voix. Augusto Aixelá garda le silence, comme s'il méditait ce qu'il venait d'entendre, puis il demanda : Pourquoi veux-tu t'enterrer vivante ? Parce que je t'aime, répondit-elle très vite, je ne sais pas quand je suis tombée amoureuse de toi, ni comment une pareille chose a pu arriver, j'essaye de me souvenir et j'ai l'impression de t'avoir toujours aimé, j'essaye de comprendre, je ne trouve aucune raison au monde pour ne pas t'aimer. Peut-être, ajouta-t-elle, es-tu surpris de m'entendre admettre ces choses avec une franchise qui frise l'impudeur, mais sache que je le fais comme quelqu'un qui proclame une ignominie, et rappelle-toi que la pratique quotidienne du sacrement de la confession m'a immunisée contre la honte de mes propres fautes. Qu'est-ce que l'amour a de coupable ? demanda Augusto Aixelá. L'amour en général, je ne sais pas ; le mien contrevient à la volonté de Dieu, et cela suffit, répondit la supérieure. Pas à la volonté de Dieu, mais à la tienne, répliqua-t-il, c'est toi qui as décidé d'écarter l'amour de ta vie et d'entrer en religion, mais maintenant que l'amour s'est imposé de façon inexorable, quel sens y a-t-il à continuer à le dédaigner ? Tu as pris une décision, tu peux en changer, nous sommes libres et Dieu ne peut pas te demander une renonciation qui implique forcément ton malheur, et aussi le mien : c'est contre nature et c'est inhumain. Dieu, répondit la religieuse, exige que je me donne à lui quel qu'en soit le prix, cela je le savais quand j'ai prononcé mes vœux et je le sais aujourd'hui avec la même certitude, je te supplie de ne pas insister, cette conversation ne conduit à rien et me fait affreusement mal. Pudenciana entra avec le verre d'eau, et le tendit à la religieuse qui le vida d'un trait et le rendit à la gardienne : celle-ci ressortit très vite et sans bruit car, même dans leur silence, elle percevait qu'ils agitaient des questions de la plus grande importance. Néanmoins sa brève apparition permit d'alléger un peu la charge émotionnelle de l'entretien.

Et le projet ? demanda Augusto Aixelá. Si tu t'en vas, que deviendra l'asile de vieillards ? Quelqu'un d'autre, quelqu'un de plus digne que moi le réalisera, répondit la supérieure. Tu sais qu'il n'en sera pas ainsi, répliqua-t-il, personne n'a ta compétence et ton enthousiasme, et personne ne me fera remuer ciel et terre comme je l'ai fait pour toi. Alors il n'y aura pas d'asile, dit sœur Consuelo avec une désinvolture délibérée, c'est dommage, mais ce qui est en jeu est bien plus important. Augusto Aixelá rétorqua : Plus important pour qui ? Pour toi ou pour les petits vieux qui t'émouvaient tant il y a encore un mois et que tu trouves maintenant normal de balancer par-dessus bord pour sauvegarder ton intégrité ? Serait-ce que le fameux projet n'avait d'autre finalité que ta propre élévation ? Ne sois pas hypocrite, l'interrompit la religieuse, tu sais parfaitement qu'aucun bien, si grand soit-il, ne peut s'acheter à ce prix. L'indignation brillait dans les yeux d'Augusto Aixelá; il fit un pas en avant, elle recula, mais il n'avança pas davantage. Pourquoi parles-tu de prix ? dit-il, t'ai-je une fois réclamé quoi que ce soit ? Elle baissa les yeux et fit non de la tête, il poursuivit : De quoi as-tu peur ? Seulement de t'affronter toi-même ; c'est cela que tu appelles le prix : te voir forcée de descendre du piédestal sur lequel tu t'es juchée et d'accepter tes faiblesses ; c'est comme ça, nous sommes des êtres humains et nous ne pouvons rien faire qui ait un sens sans en payer le prix, qui est d'assumer notre fragile condition ; Jésus-Christ lui-même a dû le payer pour mener à bien sa tâche rédemptrice, se faire homme, souffrir, être tenté et connaître comme toi la peur. Il fit un nouveau pas vers la religieuse qui ne bougea pas ; elle leva les yeux du sol vers l'homme, de lourdes larmes glissaient sur ses joues et ses lèvres tremblaient. Elle murmura : Tais-toi, tu es le diable en personne. Il éclata de rire : Le diable ? Tu parles d'un diable ! Est-ce bien moi qui suis le tentateur ? Ne serait-ce pas plutôt toi qui me tentes ? Je ne suis pas allé te chercher dans ta cellule et ce n'est pas moi qui t'ai fait venir aujourd'hui dans ma maison. Pourquoi venais-tu, si j'étais le diable ? Tu disais que tu ne pouvais pas te faire accompagner parce qu'il y avait beaucoup de travail à l'Hôpital. Tu crois que je ne sais pas que dans ce bienheureux Hôpital il y a treize religieuses et à peine une demi-douzaine de malades ? Sœur Consuelo fit un geste impérieux de la main : Épargne-toi ce discours : je ne t'entends pas, je ne t'écoute pas ; mais n'aie pas peur : il est évident que tu n'es pas le diable, parce que si tu l'étais, tu saurais que ce n'est pas avec tes arguments que tu arriveras à me perdre. D'un seul mouvement, elle franchit la distance qui les séparait, pour l'étreindre avec une véhémence qui le fit chanceler.

Une demi-heure plus tard, sœur Consuelo était étendue sur le canapé du cabinet, les paupières mi-closes et plongée dans un sombre mutisme. Quand elle levait les yeux il lui semblait sentir sur son ventre profané les regards sévères des vieux tableaux mutilés qui ornaient les murs. Augusto Aixelá, qui fumait debout, adossé à la table, brisa le silence pour dire : Je pensais que les religieuses avaient la tête tondue. La frivolité de ces premiers mots eut pour effet de la tranquilliser. Autrefois oui, répondit-elle, mais pendant la guerre beaucoup de religieuses qui tentaient de fuir la barbarie ont été reconnues à ce trait particulier et l'ont payé de leur vie : depuis, on nous permet de garder nos cheveux. Elle se passa la main sur la nuque et murmura sans changer de ton : Que vais-je devenir maintenant ? Ne te fais pas de mauvais sang, dit-il, il ne s'est rien passé ; ne te confesses-tu pas tous les jours ? Eh bien demain à la même heure tu auras obtenu le pardon de ce péché, et tu as la vie entière devant toi pour être vertueuse et jouir de ton asile de vieillards ; en fin de compte, il n'y a plus de raison, maintenant, pour que tu y renonces. Avant qu'elle ait pu répliquer, plusieurs coups retentirent à la porte. Qui est là ? rugit le cacique, mais, sans répondre à la question ni attendre l'autorisation, Pudenciana ouvrit la porte et passa la tête. La religieuse surprise sur le canapé eut un cri et la gardienne resta sans voix ; elle la recouvra pour dire : Excusez cette intrusion, mais il y a là le brigadier de la garde civile qui veut voir Monsieur. Dis-lui que je ne peux pas le recevoir aujourd'hui et que j'irai demain sans faute à la gendarmerie. C'est qu'il dit que vous l'avez invité avant-hier à manger du jambon, et aussi qu'il a quelque chose d'extrêmement urgent à vous communiquer. Augusto Aixelá écrasa sa cigarette dans le cendrier avec une fureur feinte, car en réalité cette visite inattendue lui fournissait l'occasion de laisser beaucoup de questions sans réponses. C'est bien, marmonna-t-il, je viens tout de suite. Quand Pudenciana fut sortie, sœur Consuelo dit : Pour obtenir le pardon de Dieu il faut s'être préalablement repenti de ce que l'on a fait, et moi je crois que je ne me repentirai jamais, je suis perdue. Augusto Aixelá la regarda un moment avant de répondre : Ne te fais pas de souci pour ça, nous aurons le temps d'en reparler plus calmement ; maintenant, il faut que tu te dépêches : il va bientôt faire nuit et, tu as entendu, le brigadier m'attend : tu ne voudrais pas qu'il nous surprenne dans cette situation ? Dès qu'elle eut fini de remettre de l'ordre dans ses vêtements, il la conduisit par le bras jusqu'au rideau qui cachait la porte du jardin.

Sors en faisant le tour de la maison par ce côté, dit-il, et personne ne te verra. Il se disposait à ouvrir la porte, mais elle posa la main sur le bec-de-cane : Attends, j'ai besoin de savoir quelque chose, ne mens pas : est-ce que tu m'aimes ? Bien sûr, répondit-il, pourquoi me demandes-tu ça ? Elle soupira : Je pensais qu'une fois ton but atteint, tu t'en désintéresserait. Ne fais pas l'enfant, la gronda-t-il. Tu m'aimeras toujours ? Oui. Alors je reviendrai cette nuit, annonça-t-elle. Je t'attendrai, dit-il. Le soleil s'en va et avec lui ma pudeur, pensa-t-elle en se retrouvant seule dans la galerie extérieure baignée par la lumière dorée du crépuscule. Ave Marrrria Purrrrrissima, cria le perroquet en la voyant.

Ce soir, dit-elle à la sœur tourière en arrivant à l'Hôpital, je ne viendrai pas au réfectoire ni à la prière, dites à la mère Millás de s'occuper de tout ; je ne veux être dérangée sous aucun prétexte. La sœur tourière baissa le front et dit : Le brigadier de la garde civile est passé et, en apprenant que vous n'étiez pas là, il a dit qu'il reviendrait ; si c'est le cas, que dois-je lui dire ? Cet homme n'est pas seulement un importun, il a le don d'ubiquité, pensa la supérieure, quel cauchemar ! Et à voix haute : Je vous ai dit que je ne veux voir personne, ma sœur, ne discutez pas mes ordres.

Seule dans sa cellule, son esprit fut en proie aux états les plus contradictoires : elle passait en un instant de la joie à l'affliction, et tombait dans la prostration et l'apathie, conséquences du choc émotionnel et physique subi quelques heures plus tôt sur le divan du cabinet, pour être reprise immédiatement par une énergie débordante qui l'obligeait à parcourir l'étroite cellule à grandes enjambées et à sauter sur place pour se libérer. La conviction de s'être livrée corps et âme à l'homme aimé lui était insupportable, mais elle brûlait de courir de nouveau à sa rencontre pour recommencer : elle ressentait une irrépressible nécessité de se donner, et tous les obstacles humains et divins ne faisaient que l'accroître. Dans ce délire, elle laissait passer les heures en attendant que les sœurs rentrent dans leurs cellules et que la nuit lui permette de quitter l'Hôpital sans être vue. Les rumeurs amorties des prières et des chants qui venaient de la chapelle exaspéraient la supérieure. N'arrêteront-elles jamais de chanter ces niaiseries ? se disait-elle. Puis, scandalisée par son indignité, elle se couvrait la figure de ses mains et demandait à Dieu de ne pas l'abandonner dans ce péril décisif.

Quand les voix se turent, puis le bruissement des pas et les sons étouffés qui accompagnaient la retraite des religieuses, sœur Consuelo se décida à quitter sa cellule. L'obscurité qui régnait n'était pas un obstacle pour la supérieure qui avait étudié minutieusement la disposition de l'Hôpital dans la perspective de sa transformation : elle pouvait maintenant s'orienter sans lumière dans le labyrinthe de salles, de corridors et d'escaliers. Elle parvint sans encombre au vestibule ; dans une niche abritant l'effigie de la Mater Dolorosa brûlait une lampe votive. Ce n'est pas la peine de me regarder ainsi, chuchota la religieuse à l'adresse de l'effigie, je sais que je vais commettre le plus horrible de tous les péchés, je te demande seulement que mes fautes ne retombent pas sur l'Hôpital. Elle ouvrit la porte avec sa clef, sortit, referma à clef et lança le trousseau à l'intérieur par le judas. La supérieure provinciale a ma lettre ; quand on lui dira que j'ai disparu en laissant les clefs derrière moi, elle comprendra, se disait-elle tout en s'éloignant dans l'ombre immense du bâtiment. Il n'y avait pas de lune et la pâle lueur des étoiles permettait à peine de voir à un pas ; elle se repentit de ne pas s'être munie d'une lampe. Elle venait de formuler cette pensée quand, des broussailles qui poussaient sur les deux côtés du chemin, surgit une silhouette qui portait une lanterne ; un cri d'effroi sortit de sa gorge à la vue de cette apparition. L'étrange silhouette poussa elle aussi un cri et fut sur le point de laisser tomber la lampe ; puis elle se reprit et dit : Ne criez pas, ma sœur, et n'ayez pas peur, je n'ai pas l'intention de vous faire du mal. En disant cela, l'homme dirigeait le faisceau de la lanterne sur sa propre figure et souriait : la lumière oblique imprimait sur ses traits des grimaces de spectre. Je m'appelle Hilario, ajouta-t-il en se découvrant humblement, je suis berger, voisin de ce village et brave homme, quoique un peu simple ; si j'ai laissé cette nuit mon troupeau à la bergerie, c'est pour venir vous chercher. Moi ? tu es sûr que c'est bien moi que tu cherches ? demanda la religieuse déconcertée. Le berger hocha la tête affirmativement et, désignant de son bâton la masse de l'Hôpital, il dit : Cela fait bientôt deux heures que je vous attends ; j'ai voulu entrer, mais j'ai trouvé la porte fermée à double tour. La porte de l'Hôpital n'est jamais fermée pour personne, répliqua la supérieure. Aujourd'hui elle l'était pour moi, dit le berger, sinon pourquoi aurais-je attendu dehors ? Et sans donner à la religieuse le temps de protester, il ajouta : Il y a une personne malade qui a besoin d'aide, je suis venu pour vous mener à cette personne et pour que vous nous la soigniez. Elle est donc si mal que vous ne pouvez l'amener à l'Hôpital ? Elle ne peut pas venir, ma sœur, ne m'en demandez pas plus, répondit Hilario entre ses dents. Mais si le cas est si grave, pourquoi es-tu resté à rôder ? Tu ne sais pas appuyer sur la sonnerie ? Je ne pouvais pas appeler, personne ne doit savoir que je suis venu, seulement vous, dit le berger, et je n'ai pas voulu entrer par la fenêtre pour ne pas profaner la clôture avec mes espadrilles, c'est pour cela que je vous ai attendue dehors, en priant la Vierge pour que vous sortiez. Sœur Consuelo demeura pensive ; puis elle demanda : Qui est cette personne qui est si malade ? Ta femme ? Non, grâce à Dieu, je suis célibataire, dit Hilario. Un parent ? Oui, c'est ça, un cousin germain. Qu'est-ce qu'il a, ton cousin ? Je ne peux pas non plus vous le dire, répondit le berger ; tout ce que je peux vous dire, c'est que vous devez venir avec moi sans faute et que si vous ne venez pas, il mourra. Et pourquoi moi, et pas un médecin ? Ce doit être vous ou personne, répéta le berger, ne me posez plus de questions. Je ne m'y connais pas beaucoup en médecine, prévint la religieuse. Ça suffira, dit le berger, si nous ne perdons pas davantage de temps. J'aurais besoin de la trousse d'urgence. Là où nous allons il y a le nécessaire, répliqua le berger, mais vous ne pouvez pas venir habillée comme ça. Il se pencha, chercha dans les fourrés qui lui avaient servi de cachette et en sortit un ballot qu'il tendit à la religieuse. Mettez ces habits. Sœur Consuelo entrouvrit le ballot et vit à la lumière de la lanterne des vêtements de femme usagés en toile grossière. Mettez-les sans crainte, je ne regarde pas, et même si je regardais, par cette nuit de loups, je ne verrais rien. Voyant que la religieuse hésitait, il ajouta d'un ton ferme : Ma sœur, faites vite ce que je vous dis, et ne posez plus de questions.

7

Le berger allait d'un pas sûr et léger sur ce terrain abrupt dont il connaissait par cœur tous les accidents. La religieuse avait beaucoup de peine à le suivre et devait à chaque instant lui demander son aide. Le berger la prenait alors par le bras avec beaucoup de respect et lui faisait franchir n'importe quel obstacle avec une facilité surprenante : on voyait qu'il faisait cela tous les jours pour les brebis confiées à ses soins. Au bout d'une heure, ils s'arrêtèrent dans une clairière de la forêt ; le berger gratta une allumette et l'éteignit immédiatement. La sœur lui demanda ce qu'il faisait. Un signal, dit le berger, maintenant il faut attendre. La religieuse profita de cette pause pour le questionner : Ne nous sommes-nous pas déjà rencontrés, tous les deux ? Ta figure ne m'est pas inconnue. Je ne crois pas, répondit le berger, je suis toujours dans la campagne avec les brebis, je ne descends jamais au village et, Dieu merci, encore moins à l'Hôpital. Il avait à peine fini de prononcer ces mots qu'un petit homme corpulent, au souffle rauque, fit son entrée dans la clairière. Est-ce là ton cousin ? demanda la religieuse. C'est mon cousin, oui, mais pas celui qui est malade, dit le berger, celui-là on l'appelle *lo Coix*, le boiteux. Le nouveau venu ôta sa casquette et tendit à la religieuse une main rude. Je suis *lo Coix* et je vous remercie beaucoup d'être venue. La religieuse lui serra la main, tout en scrutant dans l'obscurité les traits de l'homme ; elle s'aperçut alors qu'il portait un fusil en bandoulière. Le berger leur fit ses adieux : Bonne chance, ma sœur, bonne chance, *Coix*, dit-il avant de disparaître silencieusement dans les broussailles. Reposons-nous un moment si vous le désirez, ma sœur, dit *lo Coix* en montrant la montagne qui se dressait devant eux, nous avons encore une longue traite. Je ne suis pas fatiguée, répondit sœur Consuelo, mais je ne suis pas non plus habituée à escalader les pentes, je ne sais pas si je pourrai. Si je le peux, vous le pourrez, dit *lo Coix,* je n'ai qu'une jambe et demie et vous en avez deux bien solides. En entendant ce commentaire, sœur Consuelo se rappela que la robe qu'elle portait ne lui descendait pas beaucoup plus bas que les genoux. Allons-y, dit-elle. L'homme déroula une corde qu'il portait sur lui, en attacha une extrémité à sa ceinture et l'autre à celle de la religieuse. Comme ça, plaisanta-t-il, si l'un de nous fait un mauvais pas, nous tomberons tous les deux. Quelle heure est-il, demanda sœur Consuelo quand ils furent au sommet. Il ne doit pas être loin de deux heures, dit *lo Coix* en regardant les étoiles qui clignotaient par milliers dans le ciel. Sœur Consuelo soupira. C'est encore loin ? Non, nous sommes presque rendus, dit *lo Coix*, vous êtes très forte et très agile, ma sœur, et aussi très courageuse, ajouta-t-il, quel dommage que cette terre ne donne pas davantage de femmes comme vous.

Ils marchèrent un moment jusqu'à ce qu'ils découvrent dans un repli de la montagne un refuge en pierre dont la porte était gardée par deux hommes armés ; à quelques pas de là une douzaine d'hommes formaient un cercle autour d'un foyer. Le refuge présentait un aspect de grand abandon : les murs étaient lézardés, la toiture manquait et les volets de la petite fenêtre pendaient dangereusement de leurs gonds. Entrez, ma sœur, et n'ayez pas peur, dit *lo Coix*. Je n'ai pas peur, dit la religieuse. A l'intérieur un homme était assis près de quelques braises qui rougeoyaient sur le sol. Il se retourna en entendant grincer la porte et dit : Je savais que vous viendriez, ma sœur. C'est toi le malade ? demanda sœur Consuelo. Pour toute réponse l'homme alluma une lampe à huile avec un tison ; la lumière verdâtre éclaira sa physionomie altérée. Comment ! s'exclama la religieuse en reconnaissant l'homme à la lumière de la veilleuse, c'est toi le fameux bandit ? N'ayez pas peur, répéta le bandit. Je n'ai pas peur, dit encore une fois la religieuse, je suis surprise, même si je m'étais rendu compte que tu n'étais pas aussi idiot que tu le simulais. Le bandit éclata de rire. Et vous, dit-il, vous n'êtes pas aussi maligne que vous le croyez : je ne suis pas idiot, mais le jardinier de la maison Aixelá l'est bien ; vous avez eu affaire à deux personnes différentes en croyant qu'il n'y en avait qu'une. Il fallut un moment à la religieuse pour comprendre. Ne me dis pas que le jardinier est aussi ton cousin, dit-elle enfin. Le bandit salua sa subtilité d'un rire grinçant. Si, et le berger, et *lo Coix* aussi ; ce village est resté isolé pendant des siècles, les gens se mariaient entre eux ; aujourd'hui nous sommes tous cousins et nous nous ressemblons tous ; c'est ce qui nous permet de nous déplacer partout avec une totale liberté, il me suffit d'échanger mes vêtements avec un autre pour occuper sa place sans que les gardes et les riches s'en rendent compte : pour eux nous sommes tous pareils. Vous voyez, ajouta-t-il malicieusement, s'ils faisaient plus attention à nous, ils s'éviteraient bien des déboires, mais c'est dans leur nature de se servir des inférieurs sans regarder la tête qu'ils ont. Il eut un frisson et s'enveloppa dans la couverture jetée sur ses épaules. Vous n'allez pas me soigner ? dit-il. Si, mais finis d'abord de me raconter ce que tu faisais dans la maison d'Augusto Aixelá ; tu voulais l'enlever ? Le bandit rit encore et dit : L'enlever ? Non, pourquoi ? Ce type n'a ni famille ni amis ; personne ne paierait un sou pour lui ; peut-être même qu'il y en aurait beaucoup qui se réjouiraient de sa disparition. Je projetais seulement un cambriolage ; j'avais entendu dire qu'il y avait chez lui une collection d'œuvres d'art de grande valeur et j'ai pensé qu'elle serait mieux entre mes mains qu'entre celles de ce ruffian, de sorte que j'ai remplacé mon cousin l'idiot pendant plusieurs jours, et repéré la disposition des lieux ainsi que les moyens de protection vrais ou supposés ; je me suis aussi fabriqué un double des clefs, regardez. Il indiqua un coin du refuge où il y avait une mitraillette, des munitions, une demi-douzaine de bombes à mèche et d'autres objets ; parmi ceux-là, la religieuse vit un anneau métallique de près d'une dizaine de centimètres de diamètre auquel était accrochées de nombreuses clefs. Avec ce trousseau, aucune serrure du village ne me résiste, dit fièrement le malfaiteur, je peux même entrer dans l'Hôpital quand je veux, mais n'ayez crainte, je ne le ferai pas. Il vaudrait mieux que tu le fasses et que tu y restes, tu grelottes de fièvre, dit sœur Consuelo. C'est l'humidité de la nuit, protesta le voleur de grands chemins. Tais-toi, imbécile, tous les malades sont pareils : vous croyez qu'il suffit de mentir pour faire disparaître le mal. Où souffres-tu ? Le bandit écarta la couverture qui le couvrait et étendit la jambe gauche : ce côté du pantalon avait été arraché et un pansement ensanglanté couvrait la cuisse. La religieuse approcha la lampe à huile et examina le membre blessé. Qu'est-ce que c'est ? Un coup de fusil, dit le malfaiteur, par chance la balle est ressortie sans me casser l'os, mais je ne peux pas bouger la jambe ni me tenir debout. Oui, et ce sera un miracle si tu ne la perds pas, qui t'a soigné ? Les hommes de la bande. Ça se voit, dit la religieuse, et où est la trousse ? Le bandit indiqua une besace dans laquelle la religieuse trouva du matériel chirurgical et des médicaments ramassés sans aucune discrimination dans le cambriolage de pharmacies et de postes de secours. Elle se mit en devoir de couper le pansement qui entourait la jambe du voleur, mais l'opération s'avéra si douloureuse pour lui qu'elle dut l'interrompre et demander au *Coix* de l'aider en l'immobilisant. Quand ils eurent terminé, elle dit : Mettez de l'eau dans un récipient propre et laissez-la bouillir pendant au moins dix minutes ; j'aurai aussi besoin de pénicilline ; il faut qu'Hilario aille en chercher à l'Hôpital ; si on lui pose des questions, il répondra que c'est moi qui l'envoie. Le lieutenant regarda son chef et celui-ci fit un signe affirmatif de la tête. J'ai confiance en vous, dit le bandit quand l'autre fut sorti. Tu n'as pas le choix, dit la religieuse. Je vous parle sérieusement, dès que je vous ai vue j'ai su que vous étiez une sainte. Tu vois bien que tu délires, dit la religieuse. Je le sais, poursuivit le bandit sans tenir compte de l'interruption, parce que j'étais dans la maison d'Augusto Aixelá, j'ai entendu une partie de votre conversation et

Pudenciana la Pelée m'a raconté le reste : l'asile de vieillards, une bonne action. Ma mère va avoir quatre-vingts ans, ajouta-t-il après une pause, elle est presque aveugle et n'a personne pour s'occuper d'elle ; elle a travaillé toute sa vie dans les champs, du lever au coucher du soleil, et maintenant elle n'a personne pour lui faire la cuisine, vous voyez comme c'est triste. C'est encore plus triste d'avoir un enfant délinquant comme toi, répliqua la religieuse, si tu te fais tellement de souci pour ta mère ton devoir est de revenir près d'elle et de t'amender. M'amender, moi ? répondit le bandit sarcastiquement, mais on ne me laisserait pas. Et pour ce qui est de ma mère, ajouta-t-il, je sais qu'elle est fière de moi ; elle ne le dit pas, mais elle est fière. Il se tut un moment, plongé dans ses réflexions ; puis, reprenant le fil de la conversation, il dit : Vous êtes une âme noble, mais vous frappez à la mauvaise porte : Augusto Aixelá, excusez le mot, est un salaud, et un misérable ; il vous fera marcher et ne vous donnera pas un centime ; tous les riches sont pareils ; j'en ai volé beaucoup et je les connais bien : en volant, on apprend la psychologie. Face à un fusil chargé les gens sont plus sincères qu'au confessionnal, ma sœur, croyez-moi. Tu vas rester tranquille et arrêter de dire des bêtises, dit sœur Consuelo. Ce ne sont pas des bêtises, répliqua le bandit, c'est la vérité vraie, mais vous ne voulez pas l'entendre parce qu'il vous a embobinée : ce bellâtre vous a tourné la tête avec ses airs ridicules et sa soi-disant générosité ; tout ça c'est de l'imposture ; faites-moi confiance, ma sœur, cet homme-là n'est pas fait pour vous ; ne lui donnez pas votre cœur ; autre chose, c'est votre affaire ; mais votre cœur, ne le lui donnez pas, si vous ne voulez pas le perdre pour toujours. La religieuse regardait le bandit avec stupéfaction. De quoi me parles-tu là ? Le blessé eut un sourire douloureux et répondit : Je parle de ce que j'ai vu et de ce que je sais ; pour être un bon bandit, il est nécessaire d'être bien informé et vous voyez, je le suis. A force de contorsions, il parvint à extraire de la poche de son pantalon une enveloppe sale et froissée qu'il montra à la religieuse ; celle-ci reconnut immédiatement son écriture. Où l'a-tu prise, malheureux ? s'exclama-t-elle. Vous l'avez donnée au facteur, répondit le malfaiteur, et le facteur me l'a donnée, vous voyez comme c'est simple. La religieuse fit mine de s'emparer de la lettre, mais il fut plus rapide et retira son bras à temps. La religieuse éclata en sanglots et dit : C'est une lettre confidentielle adressée à la supérieure provinciale ; tu n'as pas le droit de connaître son contenu. Ne vous en faites pas, ma sœur, dit le bandit, nous sommes seuls, vous et moi, à connaître le contenu et même l'existence de cette lettre, et je sais tenir ma langue. En prononçant ces mots, il déchira la lettre ; puis il jeta les morceaux au feu ; les flammes teintèrent un instant de rouge leurs visages blafards. Votre place n'est pas derrière les grilles d'un couvent mais à la tête d'un asile, murmura le bandit quand la dernière braise se fut consumée ; vous me devez bien ça, maintenant.

On entendit au loin hurler un chien, ou peut-être un loup. La religieuse avait lavé et désinfecté la blessure du bandit et lui avait administré un calmant. Le bandit dormait près du feu ; la couverture remontée jusqu'au menton, il claquait des dents. De temps en temps la porte s'ouvrait et *lo Coix* passait la tête, contemplait un moment son chef et questionnait à voix basse : Comment va-t-il ? Il se repose, et la pénicilline ? Hilario n'est pas encore de retour. Quelle heure est-il ? demandait la religieuse. Restée seule avec le blessé, sœur Consuelo dodelinait de la tête. J'ai soif. En entendant cette plainte, la religieuse se réveilla honteuse, comme si elle avait commis une faute en s'endormant, se signa machinalement, puis donna à boire au bandit. Je me sens déjà beaucoup mieux, dit celui-ci, mais en lui posant la main sur le front sœur Consuelo le trouva couvert de perles de sueur froide. Ça t'apprendra à commettre des mauvaises actions, dit-elle avec tendresse. Le brigand sourit. Je ne suis bon qu'à ça, dit-il, je suis né mauvais et la société m'a rendu pire. La belle excuse ! dit la supérieure. Ce n'est pas une excuse, ma sœur, le monde est fait comme ça : celui qui est bon elle le rend mauvais, et celui qui est déjà mauvais elle ne fait que lui donner des motifs pour continuer à l'être, c'est la vérité vraie. Oubliez ce qu'on vous a appris au couvent, poursuivit-il, et regardez autour de vous : vous verrez l'ordre naturel des choses : le petit oiseau sans défense est mangé par le faucon, mais personne ne mange le faucon ; la nature est lâche et sans pitié ; les hommes aussi. Les lois sont faites par les riches pour tenir les pauvres à distance et conserver leurs privilèges. Les riches se fichent pas mal que la loi soit sévère, ils ont tout ce qu'il leur faut et n'ont pas de raison de la violer ; c'est facile d'être millionnaire et de dire : cent ans de prison pour celui qui vole quatre sous. Les juges et les policiers sont au service des riches, quant à notre sainte mère l'Église mieux vaut ne pas en parler : les curés sont les bouffons des puissants ; les évêques sont des outres gonflées de vents, et le pape de Rome, avec tout le respect que je lui dois, une vieille putain folle. Si tu continues à proférer des âneries et des blasphèmes, l'interrompit la religieuse, je m'en vais et je laisse tes amis te soigner. Je me tairai pour ne pas vous offenser, dit le malfaiteur, mais je suis convaincu qu'au fond de vous-même vous pensez comme moi. Il n'y a pas plus de quatre pauvres types qui pensent comme toi, répliqua-t-elle, et vous vous montez le bourrichon ensemble. Et puis, ajouta-t-elle, je suis sûre que tu n'es pas si mauvais que tu veux en avoir l'air. Vous pensez ça parce que vous êtes une sainte et que vous ne connaissez pas le monde ni les hommes, dit le malfaiteur. J'en connais assez pour savoir que nous ne devons pas nous juger les uns les autres, dit la religieuse. L'autre garda un moment le silence et, soudain, alors que la discussion semblait close, il ajouta comme s'il poursuivait à voix haute le fil de ses réflexions : Pour sortir de cette ornière de misère et d'abrutissement à laquelle m'avait condamné le destin, j'ai pris les armes pendant la guerre civile, alors que j'étais encore un gosse ; naturellement, le résultat de la guerre n'a fait qu'aggraver ma situation ; après trois ans de souffrances je me suis retrouvé aussi gueux qu'au premier jour et, en prime, pourchassé par une justice dont le seul idéal était d'étancher la soif de sang des vainqueurs. Dans les privations de l'exil, j'ai juré de revenir ; je ne voulais pas la vengeance, je voulais la justice. Je me faisais des idées, je croyais que je rallierais les déshérités. Mais, en fait, seuls m'ont suivi une demi-douzaine d'analphabètes ; avec eux je me consacre à voler l'argent d'autres malheureux qui en ont certainement plus besoin que moi ; cela m'a valu d'être déclaré bandit et terroriste ; n'importe qui a le droit de me canarder comme une bête nuisible. Comme vous voyez, ma sœur, ce n'est pas une bonne affaire de naître pauvre, dans ce foutu pays.

A quatre heures, *lo Coix* entra. Cela fait plus d'une heure qu'Hilario devrait être de retour, dit-il, l'air préoccupé, s'il est tombé entre les mains des gardes civils, il va falloir filer en vitesse. Pas question, dit la religieuse, cet homme n'est pas en état d'être déplacé, sauf sur une civière pour être conduit dans un hôpital ; son état est grave et nécessite de la pénicilline de toute urgence : si Hilario ne revient pas, j'irai la chercher moi-même. Vous ne sortirez pas d'ici, dit *lo Coix* d'un ton menaçant. Du calme, ordonna le bandit, il n'y a pas de raisons de s'alarmer ; même s'ils ont pris Hilario il ne leur livrera pas notre refuge, et même s'il le livre ça ne changera rien : la garde civile ne s'aventurera pas dans ces montagnes ; pour nous déloger d'ici, ils ont besoin de l'armée et ça, ils ne l'obtiendront pas, bien qu'Augusto Aixelá fasse tous les mois le voyage de Madrid pour lécher le cul du ministre, sauf votre respect. Ici nous sommes en sécurité, poursuivit-il, et pour la pénicilline, il sera toujours temps de la prendre : je ne crois pas que je vais mourir comme ça. Qu'est-ce que vous en pensez, ma sœur ? demanda le lieutenant du bandit. Je ne vois pas en quoi mon opinion peut vous intéresser, puisque de toute manière vous n'en tenez pas compte, dit sœur Consuelo, je n'y connais pas grand-chose en médecine, et je suis sans moyens ; si nous n'agissons pas rapidement, il est possible que l'infection s'étende à tout le corps ; il faudrait qu'il voie un docteur et, si nécessaire, qu'il subisse une intervention chirurgicale. Pour qu'on me coupe la jambe ? intervint le brigand, je préfère mourir. On n'en est pas là, protesta *lo Coix*. La religieuse tendit la cuvette au lieutenant. Mettez encore de l'eau à bouillir dit-elle, je vais changer le pansement. En le changeant, elle vit que la jambe présentait les premiers symptômes de la gangrène. Il y a quelque chose qui ne va pas ? demanda le blessé. Non, mentit-elle, ça n'a pas mauvais aspect, mais il faut à tout prix de la pénicilline. Je ne sens plus rien au-dessous du genou, dit le bandit. C'est l'effet des calmants, répondit la religieuse et, pour détourner la conversation sur un autre sujet, elle le questionna : Comment as-tu été blessé ? Ce sont les risques du métier, expliqua le bandit, je suis allé à Bassora et, en revenant, je me suis heurté à la garde civile ; les crues torrentielles avaient grossi la rivière, nous n'avons pas pu la traverser et nous avons dû suivre le bord jusqu'au pont ; si bien que la garde civile a pu nous rattraper ; ça m'apprendra à sortir de mon territoire. Et qu'est-ce que tu allais faire à Bassora ? Je suis allé régler quelques affaires à la banque, dit le bandit. Je vois d'ici le genre d'affaires, plaisanta la religieuse. Le voleur de grands chemins sourit malicieusement. Vous faites erreur : je suis allé faire une opération bancaire strictement légale ; en fait, c'est une opération qui vous concerne. Ces derniers mois, continua-t-il avant qu'elle ait eu le temps d'exprimer sa surprise, les choses ont bien marché pour moi, et j'ai décidé d'investir sagement la richesse que j'ai accumulée ; au bout du compte, moi, je n'ai guère besoin d'argent. Il se racla la gorge et ajouta : Un de mes cousins travaille à la banque de Bassora : il m'a indiqué comment faire l'opération, et voilà. A cette heure, si la banque a été de parole, vous devez avoir reçu un virement d'une valeur de deux millions de pesetas destiné à financer l'asile de vieillards ; quand elles verront ce capital, les autorités seront bien obligées de lâcher leur argent. Bien entendu, poursuivit le bandit, l'origine des fonds ne figure nulle part et je ne crois pas qu'il soit possible de jamais la découvrir ; j'aurais préféré garder le secret et que vous ne sachiez jamais l'identité du donateur ; mais puisque nous avons parlé de l'affaire et que le destin a décidé que nous passerions cette nuit ensemble, je n'ai pas pu m'empêcher de vous le dire. Inutile de me remercier. Sœur Consuelo regarda fixement le bandit pour s'assurer qu'il ne mentait pas et vit briller dans ses yeux une sincérité d'une violence qui n'admettait pas le doute. Je n'en crois pas mes oreilles, murmura-t-elle. C'est pourtant vrai, dit le bandit, et ma jambe est là pour en témoigner ; comme vous voyez, impossible d'aller à la banque et d'en sortir indemne. Tu sais que je ne peux accepter cet argent, s'exclama la religieuse. Ni le refuser, dit le brigand, c'est le don d'un bienfaiteur anonyme à la communauté religieuse dont vous faites partie ; l'accepter ou le refuser n'est pas de votre ressort. Et quand bien même ça le serait, continua-t-il, pourquoi devriez-vous le refuser ?

L'asile est une bonne œuvre et je veux y être associé dans la mesure de mes moyens ; je n'ai pas eu beaucoup d'occasions dans ma vie de faire des bonnes œuvres et peut-être qu'à l'heure du jugement, Dieu en tiendra compte pour sauver mon âme. Ne te moque pas de ces choses-là ! coupa la religieuse, le salut ne s'achète pas, et encore moins avec de l'argent volé. Hé ! ma sœur, ce n'est pas ce que dit l'Église quand elle fait la cour aux riches, répliqua le malfaiteur. Et après un long silence, il ajouta : Je ne veux pas vous mentir : c'est vrai que je trouve que l'asile est une bonne action, mais ce n'est pas la raison qui m'a poussé à agir ainsi. La vérité c'est que j'éprouve pour vous une inclination très particulière et très honnête ; je vous en prie, ne m'obligez pas à vous en dire davantage. Je sais qu'à vos yeux je ne suis qu'un être misérable et avili, mais ce n'est pas pour ça que je n'ai pas de sentiments. Le brigand garda le silence et sœur Consuelo demeura pensive en réfléchissant à ce qu'elle venait d'entendre. Je ne sais si Dieu me soumet à de rudes épreuves, se disait-elle, ou s'il me fait tourner en bourrique.

Il commençait à faire jour, le bandit était retombé dans une somnolence inquiétante et la religieuse grelottait : le vêtement grossier qu'on lui avait donné ne suffisait pas à la protéger du froid de l'aube dans la montagne et de la rosée qui perçait le tissu. Elle essaya de raviver les braises éteintes en les retournant avec un bâton, mais elle réussit seulement à obtenir un nuage de cendre blanchâtre et à réveiller le bandit avec le bruit. Couvrez-vous avec ma couverture, ma sœur, dit celui-ci, pour moi c'est sans importance. Sœur Consuelo se leva avec difficulté et frictionna ses articulations engourdies. Je vais voir si *lo Coix* n'a pas quelque chose à me prêter pour me protéger, dit-elle. En foulant l'herbe, elle fit crisser la gelée blanche. Hilario n'est toujours pas de retour, dit *lo Coix* en la voyant, je crains le pire. J'ai très froid, gémit la religieuse. L'homme sortit une bouteille d'eau de vie de la poche de sa veste en peau de mouton. Buvez un coup, ça vous réchauffera, je n'ai rien d'autre à vous offrir. Ce n'est pas dans mes habitudes d'absorber des boissons alcoolisées, mais je prends la bouteille ; je crois qu'elle ranimera le malade un moment, répondit la religieuse en rentrant dans le refuge. Une fois à l'intérieur, elle déboucha la bouteille et but une gorgée au goulot ; elle dut immédiatement porter la main à sa poitrine pour comprimer une quinte de toux. Vous devriez entrer dans ma bande, rit le brigand, vous avez l'étoffe d'un guérillero. Je ne sais pas comment vous pouvez aimer ce tord-boyaux, répliqua sœur Consuelo en lui passant la bouteille. Le brigand avala une lampée et eut un bref sursaut. Ça réchauffe le corps, ça chasse la peine et ça donne du courage, dit-il, qu'est-ce qu'on peut demander de plus ? Le premier point me suffit, dit la religieuse. Que dirait l'évêque s'il vous voyait picoler ? lui demanda le malfaiteur malicieusement. Je ne sais pas, dit-elle. Moi si, dit le bandit, il n'a pas passé la nuit à la belle étoile et rien n'est plus facile que de faire des sermons sans quitter son lit. Allons, ne bois plus, et n'essaye pas de faire du prosélytisme ; c'est moi qui devrais te faire un sermon, et je ne te le fais pas. C'est vrai, dit le bandit, vous êtes merveilleuse : si vous mettez votre habit au clou et si vous m'épousez, je vous assure que je deviens honnête. Tu es déjà ivre, dit la religieuse en lui reprenant la bouteille dans l'intention de la rendre à *lo Coix*. Mais au moment où elle allait sortir, la porte s'ouvrit brusquement et *lo Coix* entra dans le refuge ; la bouteille tomba par terre et se brisa en mille morceaux. Hilario est de retour, dit le lieutenant, la garde civile faisait le guet à la porte de l'Hôpital, et ils l'ont attrapé ; ils lui ont fait dire où nous étions, ils lui ont coupé les oreilles et l'ont envoyé nous dire qu'ils arrivent. Il y eut un bref silence que sœur Consuelo brisa pour demander : Quel sens cela a-t-il de nous prévenir de leur attaque ? C'est pour faire peur aux hommes, répondit *lo Coix,* dès qu'ils ont entendu la nouvelle ils ont jeté leurs armes et ont couru se rendre. Sœur Consuelo regarda par la fenêtre : l'espace qui s'étendait devant le refuge était désert. Je croyais que vous ne craigniez pas la garde civile, dit-elle. La garde civile, non, mais ils ont reçu des renforts : des gardes forestiers, des phalangistes venus de Bassora et une section d'infanterie : ce salaud d'Augusto Aixelá a réussi son coup ; il est inutile de résister. Le bandit fit une tentative pour se mettre debout, mais il n'y réussit pas. Fuis, toi, dit-il à *lo Coix*, j'arriverai bien à les occuper ; en te terrant le jour et en marchant la nuit, en trois étapes tu es en France, mais file tout de suite. *Lo Coix* fit demi-tour et s'éloigna, avec son souffle rauque, sur la pente de la montagne. Maintenant sortez, ordonna le bandit à la religieuse, marchez à découvert, les bras levés : je ne pense pas qu'ils tireront sur une femme. Et toi ? demanda sœur Consuelo. Le bandit haussa les épaules et dit : Moi, je suis prêt : tôt ou tard, il fallait bien que ça m'arrive, mais ne soyez pas triste, ma mort ne sera pas une grande perte, et il reste toujours mon cousin l'idiot et mon cousin le banquier pour perpétuer l'espèce. Ne déraisonne pas, dit la religieuse, tu ne peux pas fuir mais tu peux te rendre, comme tes complices ; tu passeras en jugement, tu feras quelques années de prison et après tu retrouveras la liberté ; on ne peut pas te condamner à une lourde peine ; après tout, tu n'as tué personne. C'est vous qui déraisonnez, répliqua-t-il, ils me cribleront de balles dès qu'ils me verront. Non, insista sœur Consuelo, fais ce que je te dis, nous irons ensemble : désarmé et avec moi comme témoin, ils n'oseront pas te tuer. Le bandit eut un rictus : Vous parlez ! Ils tireront d'abord sur moi, puis sur vous, et ils diront que vous avez été tuée dans la bagarre par une balle perdue. A ce moment retentit dans la montagne l'écho de plusieurs détonations proches. Qu'est-ce que c'était ? demanda sœur Consuelo. *Lo Coix,* répondit le bandit. Ils l'ont tué ? Nous ne le saurons jamais, et ça n'a aucun intérêt pour l'instant, dit le bandit, occupez-vous plutôt de votre propre peau.

« Halte ! Garde civile ! » Et ça, qu'est-ce que c'est ? demanda-t-elle, prise de court. Un mégaphone, dit le bandit, et ils sont ici, vous voyez ce qui se passe, quand on discute ? Nous avons perdu la dernière chance qui nous restait ; passez-moi la mitraillette. Tu ne penses pas résister avec cet engin. Non, dit le bandit : si l'infanterie vient, ils amèneront des mortiers ; je vais sortir ; la surprise aidant, j'arriverai peut-être à m'ouvrir un passage. Sœur Consuelo donna la mitraillette au bandit et l'aida à se lever ; le bandit détacha le pistolet de sa ceinture et le tendit à la religieuse. Allez à la fenêtre et couvrez-moi, lui commanda-t-il. Mais je ne sais pas tirer ! s'exclama la supérieure. Il suffit d'appuyer sur la détente, dit le bandit avec impatience, vous lâchez trois coups et vous vous jetez immédiatement à terre ; et tirez en l'air, inutile de risquer de toucher quelqu'un. Sœur Consuelo courut à la petite fenêtre et le bandit gagna la porte en traînant la jambe. A quelques mètres du refuge on voyait des hommes courir pliés en deux et se recroqueviller derrière les rochers. Les oiseaux avaient interrompu leur concert matinal, et un silence tendu et inquiet régnait sur la montagne. Adossé aux gonds de la porte, le bandit empoigna la mitraillette et cria : Tirez ! En même temps, il pesa de tout son poids sur la porte et sortit du refuge en tirant des rafales. Sœur Consuelo mit la tête à la fenêtre et tira également ; le recul de l'arme faillit la lui arracher des mains ; elle l'étreignit plus fort et tira encore deux fois tout en pensant : Comment pourrai-je encore être religieuse, si je fais tout ce que les hommes me disent de faire ? Au-dehors, la mitraillette du bandit se remit à crépiter. La religieuse se jeta à terre et entendit une décharge nourrie ; une nuée de projectiles passa en sifflant au-dessus de sa tête et fit voler en éclats le mur opposé à la fenêtre. Quand le silence fut revenu, elle ouvrit les yeux et leva la tête. A travers l'épais nuage de poussière qui envahissait le refuge, elle distingua la silhouette vacillante du bandit qui s'encadrait dans la porte. Elle lâcha le pistolet et courut le soutenir, mais elle ne put l'empêcher de tomber. Elle s'agenouilla et posa la tête du blessé sur ses genoux en guise d'oreiller. Ils t'ont touché ? demanda-t-elle, mais la réponse était évidente, car le bandit gisait dans une flaque de sang et sa voix était presque inaudible. Notre stratagème n'a servi à rien, souffla-t-il. Sœur Consuelo cherchait un linge pour tamponner les hémorragies. Laissez, ma sœur, dit le bandit, et donnez-moi la main : je ne veux pas mourir seul.

Tu ne mourras pas, voyons, dans un instant on apportera la pénicilline, dit-elle ; de toute manière, ajouta-t-elle, ça ne serait pas de trop que tu fasses un acte de contrition. Le bandit remua la tête et répondit : Non, ma sœur, je ne me repens de rien ; tout juste de ne pas avoir fait plus de mal quand j'en ai eu l'occasion : je hais la société et je hais les hommes ; je mourrais content si je savais qu'après ma mort viendront toujours plus d'inondations et de tremblements de terre, d'incendies et d'épidémies ; je souhaite qu'il y ait des guerres, des exterminations et des massacres, que triomphent le crime et la désolation ; les hommes ne méritent ni paix ni miséricorde, et Dieu non plus. Maudits soient le monde et celui qui l'a créé. Retire immédiatement ce que tu viens de dire, dit la religieuse, c'est absurde d'aller en enfer par ressentiment. Le bandit riva ses yeux sur sœur Consuelo, son regard était vitreux, il murmura : je ne crois pas à l'enfer, et pas davantage au ciel ; et s'ils existent, je m'en fiche : je ne veux rien savoir d'un système qui récompense les hypocrites et condamne les désespérés. Le refuge s'était rempli d'hommes qui dirigeaient le canon de leurs mousquetons sur le couple. Bas les armes, leur dit sœur Consuelo, cet homme est mort et je suis inoffensive.

8

Ils la firent sortir du refuge sans ménagements ; quand elle vacillait et que le pied lui manquait, ils l'obligeaient à coups de pieds et de crosses à se relever et à poursuivre son chemin. Finalement, ils la collèrent devant une paroi rocheuse et reculèrent de quelques pas. Les premiers rayons de soleil éclairaient la scène. Au moment où ils s'apprêtaient à la fusiller, une voix cria : Arrêtez ! L'officier qui commandait le peloton donna l'ordre d'abaisser les armes et fit face à celui qui avait osé interrompre l'exécution. Sœur Consuelo reconnut son sauveur, c'était le brigadier Lastre. L'officier d'infanterie, le chef de la Phalange et le garde civil s'éloignèrent un peu pour se concerter. Depuis son poteau d'exécution improvisé, sœur Consuelo voyait le brigadier qui la montrait du doigt à plusieurs reprises et elle eut l'impression qu'il prononçait le nom d'Augusto Aixelá ; un geste éloquent du brigadier fit s'exclamer le chef de la Phalange à voix haute : Ah ! ça alors, qui aurait pu s'en douter ? Les trois gradés l'observaient avec un intérêt nouveau et échangeaient entre eux des regards d'intelligence. Puis le brigadier Lastre se détacha du groupe, gagna l'endroit où la religieuse attendait d'être fusillée et lui dit : Venez avec moi, ma sœur. Sans que personne s'interpose, la religieuse et le garde civil quittèrent le théâtre de la brève bataille et commencèrent à descendre de la montagne. La brume matinale se dissipait sur leur passage et ils furent bientôt dans la clairière ; là, les gardes forestiers veillaient sur les véhicules qui avaient servi au transport des troupes. Le brigadier Lastre aida sœur Consuelo à monter dans sa voiture, mit celle-ci en marche et, quelques minutes plus tard, ils avaient retrouvé la route. Le brigadier dit alors : Racontez-moi ce qui s'est passé. Il n'y a rien à raconter, dit la religieuse, on m'a demandé de soigner un blessé et j'ai obéi sans savoir de qui il s'agissait ; je dois vous dire cependant que si je l'avais su, je n'aurais pas agi autrement. Je comprends, dit le brigadier, mais que vous a raconté le bandit ? Rien, répondit sœur Consuelo. C'est impossible, dit le brigadier, vous avez passé la nuit ensemble, il a bien dû vous raconter quelque chose. Je vous ai déjà dit qu'il ne m'avait rien raconté, insista la religieuse, il avait une mauvaise blessure avec de la fièvre, il délirait. Je comprends, répéta le brigadier, et c'est ce que je mettrai dans mon rapport ; je ferai également en sorte que votre nom n'apparaisse pas ; je me bornerai à dire qu'au moment de sa capture le défunt se trouvait en compagnie d'une personne qui avait été obligée de le soigner contre sa volonté. La religieuse regarda le brigadier Lastre, mais celui-ci gardait les yeux fixés sur la route et son expression ne reflétait pas ce qu'il pouvait penser; sœur Consuelo, qui avait conscience d'empester la poudre et l'eau de vie, murmura : Où me conduisez-vous ? A l'Hôpital, naturellement, répondit le brigadier. La religieuse s'alarma : Non, non, mon Dieu, je ne peux pas aller à l'Hôpital, pas maintenant; conduisez-moi chez don Augusto Aixelá. Le brigadier fronça les sourcils mais ne dit rien et, arrivé au premier croisement, il prit le raidillon qui menait à la maison Aixelá. Il arrêta la voiture devant la grille et alluma une cigarette. Je vous attends ici, dit-il, ne tardez pas. Trop fatiguée pour discuter, la religieuse fit un mouvement affirmatif de la tête, descendit de la voiture et entra dans le jardin.

Pudenciana s'était levée à la pointe du jour, avait aiguisé un couteau et décapité deux poulets; elle commençait à les plumer quand elle entendit les coups de feu dans la montagne, et elle se signa. Puis elle se replongea dans son travail monotone jusqu'au moment où elle en fut tirée par les hurlements lugubres des chiens. Quelqu'un est mort, pensa-t-elle; cette idée la remplit de tristesse et l'un des chiens en profita pour manger les gésiers sans être vu. Pudenciana sortit dans le jardin.

D'abord elle ne reconnut pas la forme loqueteuse et échevelée qui franchissait la grille : elle pensa qu'il s'agissait d'une gitane ; puis d'une indigente ; enfin d'une morte ressuscitée et sortant tout droit du tombeau. La figure était exsangue et souillée, la bouche flétrie, les pupilles hallucinées et elle marchait d'un pas incertain, comme un aveugle qui tâtonne sur un terrain rempli de pièges ; la robe était couverte de taches couleur de rouille, décousue et arrachée jusqu'à friser les limites de la décence. Devant cette apparition, les chiens rechignaient à remplir leur sauvage mission. Quand Pudenciana fut près d'elle, la forme pathétique s'arrêta et remua les lèvres, mais n'articula aucun son ; puis elle ouvrit les bras, les paumes tournées vers l'extérieur, et c'est à ce geste, sans rien qui le justifiât, que la gardienne reconnut sœur Consuelo ; elle vit alors que les éclaboussures couvrant son vêtement étaient en réalité des taches de sang coagulé et se sentit envahie d'une profonde pitié pour cet être douloureux et égaré sur qui s'étaient abattues tant d'afflictions, de terreurs et de violences, et que seule une détermination insensée maintenait, vacillante, au seuil ultime de la raison. La gardienne franchit en courant la distance qui les séparait et, quand elle la prit dans ses bras, le sang des poulets qui couvrait son tablier se mélangea au sang du bandit mort. Qui t'a mise dans cette état, ma fille ? s'exclama-t-elle, et la religieuse, comme si cette voix et ce contact compatissant avaient rompu ce qui lui restait d'équilibre, se mit à sangloter, le corps secoué de convulsions telles que les chiens, incapables d'identifier un être humain sous cette conduite extravagante, reculèrent, la tête basse et la queue entre les jambes, tandis que la gardienne, ne sachant quel parti adopter, se bornait à serrer de plus en plus étroitement la malheureuse sur sa poitrine par crainte qu'elle ne tombât et ne se blessât pour de bon si elle échappait à son étreinte. Dehors, le brigadier Lastre, assis sur le marchepied de sa voiture, fumait en affectant de ne pas voir ce qui se passait sous ses yeux, comme si cette affaire de femmes ne le concernait pas. Au bout d'un moment les sanglots de la religieuse s'apaisèrent graduellement, ses larmes se tarirent et elle retrouva peu à peu le contrôle de ses nerfs. Elle s'éclaircit la gorge et murmura à l'oreille de la gardienne : Et lui ? Pudenciana tarda quelques instants à répondre. Il est parti. Il n'a pas dit pour où ni pour combien de temps, mais il a pris des bagages comme pour un long voyage. Et il n'a rien laissé pour moi ? Une lettre, peut-être ? demanda sœur Consuelo avec une vague lueur d'espoir dans le regard. Il ne m'a rien donné, répondit Pudenciana avec tact, mais venez avec moi et regardez dans le cabinet, il y aura peut-être un indice.

De ses bras potelés Pudenciana soutenait la frêle charpente de la religieuse. A un détour de l'allée, elles rencontrèrent le jardinier qui marchait de son pas disgracieux ; sa langue pointait à la commissure des lèvres et il portait un récipient en caoutchouc rempli de terre noire. Sœur Consuelo eut un choc en constatant l'extraordinaire ressemblance de l'idiot avec l'homme qu'elle venait de voir mourir. L'idiot souleva le récipient pour en montrer le contenu aux deux femmes : sur le terreau levaient des girolles et des morilles que les pluies persistantes avaient fait germer prématurément. Il riait à gorge déployée, comme si c'était la chose la plus drôle du monde. Les deux femmes passèrent sans s'arrêter et l'idiot en resta tout chagriné.

En entrant dans la maison, Pudenciana dit : Vous devez défaillir de faim ; asseyez-vous et reposez-vous, je vais vous préparer des boulettes de sang à l'oignon pour votre déjeuner. Non, je vous en prie, supplia sœur Consuelo avec vivacité, je ne veux rien manger. Il faut vous alimenter si vous ne voulez pas tomber malade, insista la gardienne, attendez-moi dans le cabinet et je vais vous apporter quelque chose. Elle s'en alla et sœur Consuelo entra dans le cabinet ; elle cherchait frénétiquement un message à son intention, dont elle eût pu tirer une explication ou une promesse quelconques, mais les meubles étaient nus et les tiroirs fermés à clef. Pudenciana revint avec un bol de faïence plein de lait. Il est encore tiède, voyez, il était dans le pis de la vache voilà dix minutes, dit-elle, buvez-le : ça glisse tout seul et il n'y a pas de meilleur reconstituant. Manquant de la volonté nécessaire pour refuser, sœur Consuelo but le contenu du bol et dit : Merci, Pudenciana, maintenant j'aimerais rester seule un moment. La gardienne partie, elle s'assit sur la chaise qu'elle avait occupée quand elle avait été reçue pour la première fois par Augusto Aixelá. Combien de temps s'était écoulé depuis lors ? se demanda-t-elle ; il lui semblait que cela faisait une vie entière. Elle ferma les paupières et sentit que tout tournait autour d'elle, elle les rouvrit et se leva en faisant un effort pour garder son équilibre. Précautionneusement, elle s'approcha du canapé sur lequel, la veille, elle avait connu l'extase : c'était un canapé en cuir, usé et confortable, où l'on devinait une tache brune. Le certificat de ma déchéance, pensa-t-elle. Elle s'agenouilla par terre et lécha la tache mais ne trouva qu'un goût âcre de poussière et de vieux cuir. Elle se redressa rapidement, traversa le cabinet en courant, sortit sur la galerie extérieure et vomit le lait qu'elle venait d'absorber. Purrrriiiiiissima ! cria le perroquet en la voyant vomir. La religieuse s'essuya les lèvres et le menton avec la paume de la main et poursuivit son chemin. Les pluies torrentielles avaient arraché la terre du potager et détruit les cultures ; l'eau noire du canal débordait de ses berges. La religieuse s'arrêta, les pieds sur la pierre de la berge et enfonça son regard dans les profondeurs de l'eau. Son corps oscillait, quand elle entendit dans son dos une voix qui disait : Faites attention, ma sœur, on ne le dirait pas, mais ce bassin est traître. Celui qui venait de parler vint tranquillement se placer à côté d'elle : c'était Pepet, le régisseur. Le brigadier Lastre m'a dit que je vous trouverais dans la maison, continua-t-il ; je lui ai dit de partir et que je vous ramènerai moi-même à l'Hôpital, saine et sauve. Il cligna de l'œil et ajouta : Ne me mettez pas dans l'embarras. Sœur Consuelo fit deux pas en arrière et arracha son regard à la fascination de l'insondable. N'ayez crainte, dit-elle d'une voix sereine. Vous avez vu cette désolation, dit le régisseur en promenant un œil expert sur le potager ; il fit claquer sa langue et ajouta : Années de sécheresse, années d'inondations, toujours la même histoire, rendons grâce à Dieu. Il prit doucement la religieuse par le bras, lui fit faire demi-tour et tous deux marchèrent vers la maison à petits pas. Le ciel était clair, les oiseaux voletaient parmi les plantations bouleversées et se posaient sur les moignons des épouvantails.

Vous serez intéressée de savoir, commença le régisseur d'une voix posée, que la nuit dernière, passé minuit, don Augusto Aixelá est venu chez moi. Il m'a fait me lever et m'a raconté qu'il avait reçu dans l'après-midi la visite du brigadier Lastre, lequel l'avait informé que le gouvernement avait finalement accepté d'envoyer des renforts dans la région pour nettoyer la montagne de ses éléments nuisibles ; le brigadier Lastre lui avait dit aussi qu'il avait de sérieux motifs de penser que le chef de la bande avait été blessé au cours d'un récent accrochage avec la garde civile et que, cette nuit même, on préparait une opération combinée à laquelle participeraient, aux côtés de la maréchaussée, des troupes régulières et des forces auxiliaires venues spécialement de Bassora. Il semble que le brigadier Lastre se soit ensuite rendu à l'Hôpital dans l'intention de vous en informer également et de vous prévenir d'avoir à fermer hermétiquement le bâtiment ; il a donné l'ordre que personne, sous aucun prétexte, n'en sorte après la tombée de la nuit, mais vous étiez absente ou bien, pour une autre raison, vous n'avez pu le rece-voir, ce qui fait que l'avertissement, on l'a vu, est demeuré sans effet. De son côté don Augusto m'a dit que, vu la tournure prise par les événements et compte tenu du fait que les bandits pouvaient avoir des sympathies dans le village, il avait décidé pour des raisons de sécurité de partir sur-le-champ sans dire à personne où il allait ni pour combien de temps, il a ajouté que son absence se prolongerait certainement plus longtemps que la normale et m'a chargé, pour cette année, de m'occuper de tout ce qui concernait les vendanges. Cette décision inhabituelle chez lui, et que ne justifiaient absolument pas les circonstances qu'il invoquait pour l'expliquer, m'a beaucoup étonné. Je connais don Augusto depuis qu'il est venu au monde et je savais qu'un autre motif devait se cacher derrière cette fuite, de sorte que je l'ai interrogé et que je lui ai arraché la réponse que je cherchais. Je n'ai pas eu besoin d'insister beaucoup pour lui tirer les vers du nez : les hommes racontent facilement ce genre de choses, c'est dans leur nature. Bien sûr, ajouta-t-il très vite, vous pouvez être absolument tranquille ; avec moi, votre secret ne craint rien ; ce qui s'est passé entre vous ne me regarde pas ; d'ailleurs, après cette conversation, si nous sommes d'accord, je ne vous en parlerai plus jamais et je vous prie de faire de même. En réalité, si je vous en parle maintenant c'est parce que je crois de mon devoir de vous informer qu'Augusto Aixelá ne reviendra pas tant que vous resterez ici. Je vous le dit crûment parce que je n'aime pas les détours et parce que je crois que vous préférerez savoir la vérité plutôt que de vivre en nourrissant de vaines illusions. Pour le reste, poursuivit-il, je suppose que mes paroles ne sont pas pour vous une surprise : même votre inexpérience des choses du monde et la confusion où ont dû vous plonger les derniers événements n'ont pu vous empêcher de voir à quel point votre relation était vouée à l'échec, quelle que soit la véracité des serments d'amour qu'il a pu vous faire. Il observa une pause et conclut, en guise de point final : Augusto est un brave garçon, il a un cœur d'or, mais il ne peut éviter l'inévitable. Ne le prenez pas mal : vous n'êtes pas la première et vous ne serez pas la dernière. Oubliez-le.

Ils avaient fait le tour de la maison et pénétraient dans l'allée qui menait à la sortie. Sœur Consuelo se retourna pour regarder la maison, soupira et trouva la force de dire en reprenant sa marche : C'est humiliant à reconnaître, mais je crains d'avoir été plus innocente que vous ne le supposez : je croyais à la sincérité de ses paroles et de ses gestes ; un après-midi, il m'a conduite dans la chambre où sa mère est morte et là, j'ai pu lire dans ses yeux une émotion authentique. Don Pepet, ajouta-t-elle avec véhémence, quand il s'agit de ce genre de choses, les hommes ne mentent pas. Le vieux gérant haussa les épaules Certains si, dit-il : la mère d'Augusto vit toujours, elle est à Madrid. La religieuse sourit tristement. Quelle idiote j'ai été ! dit-elle. Ne vous faites pas de mauvais sang, lui recommanda le vieux gérant, après tout il était très difficile que cela ne se passe pas ainsi ; aucune femme n'a été capable de résister à Augusto, il sait toujours leur dire ce qu'elles veulent entendre ; il n'agit pas ainsi par méchanceté, ça lui vient spontanément, c'est un instinct naturel, un don. Vous êtes une femme attirante, intelligente, audacieuse, et une religieuse : il ne pouvait pas laisser passer une pièce aussi rare ; il aurait fait n'importe quoi pour vous avoir, vous étiez perdue même si vous aviez opposé plus de résistance que vous n'en avez opposé, c'est-à-dire bien peu. Très bien, admit-elle, mais ai-je tant de valeur qu'il ait fallu faire intervenir le ministère de l'Intérieur dans ma conquête ? Oh ! non, répliqua le régisseur, don Augusto est un gentilhomme : il ne mélangerait jamais une affaire privée avec la politique et ne ferait jamais payer ses histoires de jupons par le trésor public ; vous n'avez certainement pas cru qu'il ait pu faire des démarches à Madrid pour le financement de votre fameux asile. Il ne l'a pas fait ? demanda sœur Consuelo. Non, ça ne lui est même pas venu à l'idée, répondit le régisseur.

Là où s'était arrêtée la voiture de la garde civile attendait maintenant le camion vert du vieux gérant. Ils y montèrent tous deux et firent en silence le trajet de l'Hôpital ; une fois rendus, et quand les soubresauts du moteur agonisant se furent apaisés, le régisseur dit : pardonnez-moi de vous avoir parlé si brutalement. A quoi la religieuse répondit : Je vous remercie de l'avoir fait. Elle allait ajouter autre chose, mais sa voix resta dans sa gorge. Le vieux gérant lui tapota affectueusement le genou. Vous êtes épuisée, lui dit-il, dormez, mangez et dans quelques jours vous verrez tout d'un œil différent, ce qui vous semble horrible aujourd'hui finira par vous faire rire. Sœur Consuelo acquiesça de la tête et descendit du camion. Derrière, le chat miaula. Alertée par la sœur tourière, toute la communauté religieuse attendait la supérieure dans le vestibule de l'Hôpital pour lui faire une réception triomphale et joyeuse. Quand nous avons appris que vous aviez été enlevée par les bandits, nous nous sommes toutes rassemblées dans la chapelle et nous sommes restées à prier et à chanter pour qu'il ne vous arrive rien de mal, lui dirent-elles. Même les malades de l'Hôpital avaient été arrachés à leur lit et menés à la chapelle pour unir leurs prières à celles des religieuses. Tant de prières ne peuvent que porter leur fruit, avaient-elles pensé, et il en avait été ainsi, loué soit éternellement le Saint Sacrement de l'Autel. Cet accueil chaleureux attendrit sœur Consuelo qui s'inquiétait depuis un moment d'avoir à réapparaître dans son monastère avec cette allure de pocharde, elle embrassa ses compagnes et versa des larmes abondantes. Sur la route, le camion vert du régisseur s'éloignait en pétaradant dans un nuage de poussière. Les effusions des religieuses continuèrent jusqu'à ce que l'économe parvienne à enlever sœur Consuelo à leur chœur bruyant et à l'emmener dans un coin. Je sais que vous êtes épuisée, ma révérende mère, mais il faut que je vous annonce quelque chose qui ne peut attendre. Parlez, mère Millás. L'économe qui, jusqu'à cet instant, était demeurée imperturbable, se mit soudain à pleurer ; à travers les verres épais de ses lunettes ses yeux noyés de larmes ressemblaient à deux aquariums. Un miracle, sanglota-t-elle, un vrai miracle; ce matin même, le directeur de la banque est venu en personne et m'a dit qu'un bienfaiteur anonyme avait donné deux millions de pesetas à la communauté pour l'asile de vieillards. Inutile de vous dire que, même si le directeur de la banque a beaucoup insisté sur le fait que le donateur exigeait le secret absolu sur son identité, il faudrait que je sois bien obtuse pour ignorer qui est cette personne altruiste et généreuse; de même que je n'ignore pas qui a su toucher le cœur de ce bienfaiteur par son labeur silencieux, ses prières et son exemple. L'économe tira un mouchoir de sa manche et se moucha bruyamment, puis elle dit : A ce propos, je dois vous confesser, ma révérende mère, qu'à plusieurs reprises j'ai douté du bien-fondé de vos idées et de votre conduite; je ne nie pas que j'ai souvent abrité de mauvaises pensées à votre encontre, je voyais dans vos méthodes expéditives de l'hétérodoxie et du laxisme, et je soupçonnais dans vos démarches une certaine attirance pour les séductions du monde. Maintenant je comprends la justesse de votre manière d'agir et combien j'étais moi-même dans l'erreur; j'ai été vile et déloyale; je vous prie humblement de me pardonner et de me punir. Sœur Consuelo étreignit l'économe et l'embrassa sur ses joues parcheminées. Oubliez ces vétilles, mère Millás, s'exclama-t-elle, comme vous le dites un miracle s'est produit, et nous avons maintenant beaucoup de travail devant nous.

9

La rénovation fut menée avec célérité et l'inauguration du nouvel asile de vieillards vit affluer des personnalités distinguées de la vie politique et religieuse, mais pas sœur Consuelo car, peu de temps avant la fin des travaux qu'elle avait dirigés personnellement et qui, en fin de compte, avaient été financés grâce à son intervention mouvementée, elle fut relevée de sa charge par les instances supérieures et envoyée dans un centre d'assistance situé à l'autre bout du pays. Loin de se sentir reléguée, sœur Consuelo vit dans cet ordre un vertueux souci de la soustraire à la tentation de l'orgueil et l'accueillit avec gratitude. Le lieu qui lui avait été assigné était une institution pauvre et périmée ; en peu de temps son énergie et son intelligence en firent quelque chose de moderne et d'important. Des transferts successifs donnèrent lieu à autant de rénovations, la renommée de sœur Consuelo et de son activité créatrice se répandit de toutes parts, si bien que trente ans s'écoulèrent ainsi, jusqu'au jour où, au cours d'une discussion avec des architectes et des entrepreneurs à propos des détails techniques d'un bâtiment dont elle avait conçu la construction, elle eut un évanouissement. Si cela m'était arrivé il y a dix minutes, pendant que nous étions en haut de l'échafaudage, quelle histoire, plaisanta-t-elle en reprenant connaissance, une fois de plus Dieu m'a préservée pour que je continue à le servir. Mais le spécialiste qui l'examina fut d'un avis différent. Il dit : Malheureusement, les premiers symptômes se sont manifestés trop tardivement, il n'y a plus rien à faire. Combien de temps me reste-t-il ? demanda-t-elle. Le spécialiste haussa les épaules. La médecine n'est pas une science exacte, dit-il. Je dois le savoir, docteur, insista la religieuse, il y a des affaires en cours qui requièrent ma présence. Vous avez entendu ce qu'a dit monsieur le docteur, dit la supérieure provinciale, personne n'est irremplaçable. Nous ne savons rien du jour ni de l'heure où la mort doit nous surprendre, nous savons seulement que nous devons toujours être prêtes à la recevoir l'âme pure et le cœur joyeux, ajouta-t-elle sévèrement. La malade inclina la tête en signe d'acceptation, mais elle dit : Par charité, laissez-moi mourir attelée à la tâche. Cela est impossible, répondit la supérieure provinciale sur un ton tranchant. Sœur Consuelo ne répliqua pas : depuis quelques années le gouvernement espagnol regardait avec méfiance la grande œuvre d'assistance que l'Église avait menée pendant des siècles ; jaloux de ses prérogatives, il considérait ce travail altruiste comme une intrusion et y mettait continuellement des entraves ; des personnes comme sœur Consuelo, jadis vénérées, étaient désormais un obstacle dans les relations entre l'Église et l'État. Telle était peut-être, pensa-t-elle, la raison pour laquelle la supérieure provinciale acceptait de si bon gré cette occasion de se débarrasser d'elle. Je suis une gêne pour l'ordre, se dit-elle avec consternation. Et à voix haute : Que la volonté de Dieu soit faite. Le ton de la supérieure provinciale ne s'adoucit pas pour ajouter : J'ai décidé que vous seriez transférée dans un centre d'assistance où vous serez bien soignée ; reposez-vous, préparez-vous à bien mourir et jouissez sagement de la vie que Dieu Tout-Puissant a daigné vous octroyer. Le lendemain, sœur Consuelo partit pour son ultime destination. Elle ne s'était pas préoccupée de connaître le lieu où on l'envoyait mais, à son approche, elle le reconnut immédiatement et comprit tout ce que la dureté apparente de la supérieure provinciale cachait de compassion et de douceur. J'ai toujours porté secrètement ce lieu dans mon cœur, commenta-t-elle à voix haute. La sœur qui conduisait la voiture sourit. C'est naturel, dit-elle, puisque c'est le premier asile que vous ayez fondé ; c'est sans doute pour cela que la bonne mère à décidé de vous faire conduire ici pour votre convalescence. Et toi, comment sais-tu cela ? demanda-t-elle. Pour ce qui concerne la fondation, on nous l'a racontée pendant notre noviciat, répondit la sœur sans quitter des yeux la signalisation de l'autoroute, vous étiez un personnage très populaire chez les novices, soit dit sans vouloir vous déplaire ; et pour ce qui est de vous envoyer ici à cause de cela, personne ne me l'a dit, mais je l'ai déduit toute seule. Les bonnes sœurs sont bien dégourdies, de nos jours ! s'exclama sœur Consuelo, de mon temps nous étions toutes des demeurées. Vous vous moquez de moi, ma révérende mère, rit la sœur, mais sœur Consuelo ne lui prêtait déjà plus attention.

Elles durent traverser Bassora ; le trafic dans la ville était si dense que le trajet dura longtemps et fatigua la malade dont les douleurs s'aggravèrent. Voulez-vous que nous nous arrêtions, ma révérende mère ? Non, ma fille, il ne doit pas rester beaucoup de chemin et je préfère arriver le plus tôt possible. Elles se perdirent dans un quartier de bâtiments neufs, hauts et se ressemblant tous ; les rez-de-chaussée des immeubles étaient occupés par des ateliers ou des magasins vides ou fermés, et nul piéton ne déambulait dans les rues du quartier. Elles finirent par rencontrer un homme qui portait une valise et lui demandèrent le chemin de San Ubaldo de Bassora. Vous êtes à San Ubaldo de Bassora, leur répondit l'homme à la valise ; autrefois c'était un village mais aujourd'hui c'est un faubourg de Bassora, où voulez-vous aller ? Elles lui dirent qu'elles allaient à la résidence de vieillards de San Ubaldo et l'homme, qui connaissait l'endroit bien qu'il eût dit ne pas être du pays, leur donna les indications nécessaires. Comme tout a changé ! dit sœur Consuelo, avant il y avait des champs, les chemins n'étaient pas goudronnés et les voitures étaient rares. Regardez, ajouta-t-elle d'un ton presque enfantin, l'église du village est toujours au même endroit, mais comme la place est différente ; ah ! nous sommes presque arrivées, après ce tournant nous verrons les tours de l'asile. Elle ne se trompait pas, mais les retrouvailles lui procurèrent plus de déception que de joie. Rénové dans le milieu des années cinquante avec des matériaux de mauvaise qualité et géré par la suite avec inefficacité et négligence, l'asile, comme son contemporain, l'hôpital de Bassora, dont la construction était à l'origine de sa tranformation, tombait irrémédiablement en décrépitude. Cela faisait déjà un certain temps que la communauté religieuse, incapable de prendre en charge pareille ruine, l'avait cédé à la Generalitat de Catalogne ; au mur du vestibule, à l'endroit où, jadis, l'effigie de la Dolorosa avait été le témoin du dérèglement de la supérieure, était accroché un portrait du président de la Generalitat, Jordi Pujol.

La directrice du centre, informée de son arrivée, vint la recevoir personnellement. C'était une femme d'âge mûr, sèche dans ses rapports, mais courtoise et efficace ; elle s'excusa de l'état précaire des installations, et expliqua qu'une série de grèves du personnel hospitalier avait dévasté le centre. Heureusement, la situation est en train de s'améliorer, ajouta-t-elle immédiatement, et je pense que vous n'aurez aucun motif de plainte. Tout en parlant, elle avait accompagné sœur Consuelo jusqu'à sa chambre ; là, elle l'informa des horaires et des usages de la résidence. Le Dr Suñé viendra vous rendre visite aujourd'hui même, lui dit-elle, c'est notre médecin attitré et il est au courant de votre cas, si vous avez besoin de quoi que ce soit, n'hésitez pas à me le dire. Sœur Consuelo laissa la sœur qui l'avait amenée défaire sa valise et ranger ses affaires dans l'armoire de la chambre. Je suis sûre que vous serez vite remise, ma révérende mère, dit la sœur en prenant congé, nous prions toutes pour qu'il en soit ainsi. Demeurée seule, elle regarda par la fenêtre : la peupleraie avait disparu et sur son emplacement s'élevaient plusieurs blocs d'habitations, le ruisseau avait également disparu, il avait été canalisé et détourné pour éviter de nouvelles inondations à la saison des pluies ; au loin, pourtant, elle distingua les montagnes et se rappela intensément le jour où elle avait failli être fusillée sur l'un de ces rochers. Les temps changent, les illusions s'évanouissent, les gens meurent, seules les montagnes demeurent, pensa-t-elle.

Dans l’après-midi elle reçut la visite du Dr Suñé. Bonjour, comment se porte aujourd’hui notre petite malade ? lui dit-il. C’était un homme jeune, ventripotent et jovial. Docteur, dites-moi ce qu’il me reste de vie, l’implora la malade, et voyant que le médecin hésitait, elle ajouta avec brusquerie : Et ne me dites pas que la médecine n’est pas une science exacte. Vous croyez qu’elle l’est ? dit le médecin. Je ne suis qu’une religieuse ignorante, répondit sœur Consuelo. Le Dr Suñé ouvrit la trousse qu’il avait laissée sur la table. Vous savez ce qu’est un sphygmographe ? demanda-t-il. Oui, bien sûr, c’est un appareil pour mesurer la tension artérielle. Vous voyez que vous n’êtes pas aussi ignorante que vous le prétendez, retroussez votre manche et expliquez-moi où vous avez appris tout cela. J’ai travaillé toute ma vie dans des hôpitaux, dit la religieuse. Tout en conversant, le Dr Suñé lisait les chiffres que lui communiquait le sphygmographe et les inscrivait sur un graphique. On m’a dit que vous aviez été religieuse, est-ce exact ? On vous a mal informé, répondit sèchement sœur Consuelo, je suis toujours religieuse. Puis elle sourit et ajouta sur un ton plus posé : Je ne vous parle pas ainsi pour me fâcher avec vous, docteur, je souhaite seulement ne pas être prise pour plus simple que je ne suis. Ne donnez pas raison à ceux qui m’ont prévenu que vous arriviez prête à la guerre, dit le médecin sans se départir de sa bonne humeur, quittez cette attitude hostile et soyons amis, voulez-vous ? Puis il ajouta : Jusqu'à maintenant vous vous êtes occupée des autres, à partir d'aujourd'hui laissez les autres s'occuper de vous. Il se levait pour partir, mais sœur Consuelo le retint par la manche de sa blouse. Docteur, écoutez-moi, je vous assure que cela m'est égal de mourir : j'ai beaucoup vécu et j'ai eu le privilège de faire beaucoup de choses ; bien sûr, je trouve pour ma part que c'est peu ; je sens que ma vie est passée comme un souffle et je crois qu'il me reste encore beaucoup à faire, mais ce n'est là qu'égoïsme et vanité. Bien que je professe ma foi en l'autre vie, je voudrais prolonger celle-ci indéfiniment ; je voudrais vivre toujours, comme le plus obtus des athées ; mais je sais bien que les uns comme les autres, athées ou croyants, nous devons mourir ; moi, au moins, je meurs réconfortée par l'espérance et la certitude de l'au-delà, et après tout, que me reste-t-il d'autre en ce monde que la déchéance du corps et de l'esprit ? Le Dr Suñé l'écoutait debout, en silence, et sa trousse à la main. Combien de temps, docteur ? insista sœur Consuelo. Un mois au plus, dit le médecin, moins peut-être ; je ne sais pas si je fais bien de vous le dire.

Dans les semaines qui suivirent cette rencontre, les prédictions du Dr Suñé semblèrent devoir s'accomplir inexorablement. L'état général de sœur Consuelo déclinait à vue d'œil. Elle était pourtant une malade modèle : elle ne se plaignait jamais et avait un mot aimable pour chacun ; à la grande surprise du Dr Suñé elle n'opposa aucune résistance pour prendre ponctuellement les nombreux médicaments qu'il lui avait prescrits. Elle dormait peu et seulement avec des calmants qui, pendant les heures de veille, la laissaient bouffie et confuse. Elle n'avait aucun appétit, mais faisait de grands efforts pour manger. La vie est un bien que Dieu nous a prêté et nous devons faire tout ce que nous pouvons pour le conserver, disait-elle. Naturellement, aucune de ces précautions ne freinait la féroce progression de la maladie. Loué soit le Seigneur, murmurait-elle chaque jour en constatant la rapide détérioration de ses facultés. Elle ne pouvait plus lire, même avec des lunettes, et, pour faire les promenades quotidiennes que le médecin lui avait prescrites, elle devait se faire accompagner d'une infirmière. Cette dégradation continuelle avait parfois raison de sa fermeté. Je suis convaincue que, dans le temps, les choses n'étaient pas ainsi, docteur, disait la malade quand les visites de celui-ci coïncidaient avec ses moments de lucidité, autrefois les gens vivaient et mouraient sans passer par ces terribles moments de transition : ce sont les progrès de la médecine qui ont apporté cette horreur au monde. La médecine a peut-être seulement rétabli l'ordre naturel des événements, répondait le Dr Suñé : si le corps et le cerveau mettent des années à se former, il est logique qu'il leur faille du temps pour se désintégrer ; les dernières années d'un vieillard sont comme les premières années d'un enfant : c'est cruel, mais c'est naturel ; la médecine n'a pas inventé la nature humaine : elle l'a trouvée toute faite, elle a seulement essayé de la comprendre et de s'adapter à ses caprices ; c'est à Dieu qu'il faut demander des comptes, ma sœur, pas aux médecins. La malade ne se tenait pas pour battue. Dites plutôt que ce sont les médecins qui ont perverti l'ordre divin, répliquait-elle en désignant le goutte-à-goutte, je refuse d'accepter que ce soit là le cours naturel de la vie humaine. Rien n'est naturel dans la vie humaine, observait sentencieusement le médecin ; il faut se rendre à l'évidence, mais cela ne signifie pas que nous devions jeter l'éponge. Ah ! docteur, ne me faites pas faire de promenades, cela m'épuise, et à quoi ça sert ? Allons, allons, ma sœur, n'abandonnez pas encore le monde des vivants : continuez à lutter, insistait le Dr Suñé, sortez, regardez la télé, écoutez la radio, voyez les autres résidents, vous n'aimez pas jouer aux cartes ? Je n'ai jamais joué à rien, docteur ; je ne saurais même pas distinguer l'as de pique de l'as de carreau, répondait la religieuse, et je n'ai pas non plus l'habitude de la vie sociale : je crois que je n'ai jamais parlé à personne de quelque chose qui ne soit pas une affaire concrète. Pourtant elle cédait aux arguments du médecin. Tout ce que vous me dites est dépourvu de sens, docteur, mais je n'ai plus le temps de vous convaincre ; faites comme vous voulez, lui disait-elle.

Un jour, alors que le délai annoncé par le Dr Suñé était presque écoulé, sœur Consuelo voyant s'approcher la fin lui dit : Docteur, vous aviez raison, nous sommes au bout ; vous avez été un bon médecin et un bon ami, et je crois avoir été une bonne malade ; maintenant, je vous prie d'oublier pour un moment votre profession et mon état, car je vais vous demander une grande faveur. Le Dr Suñé la regarda fixement. Ne vous alarmez pas, poursuivit la religieuse, il ne s'agit de rien qui soit contraire à vos principes ni aux miens ; en réalité, ajouta-t-elle, il s'agit d'une chose toute simple, presque un enfantillage, vous allez voir. Il y a près d'ici une vieille propriété qui, à ce que je sais, s'appelle toujours la maison Aixelá, bien qu'elle appartienne à d'autres maîtres, vous voyez de quelle propriété je parle ? Le médecin répondit affirmativement. Il connaissait bien la propriété, dit-il, pour s'y être rendu en plusieurs occasions. Sœur Consuelo hésitait avant de formuler la question suivante ; elle finit par rassembler son courage et dit : Docteur, croyez-vous qu'il soit possible que je la visite ? Le Dr Suñé ne dissimula pas son étonnement devant cette demande extravagante. Ce que vous me demandez est tout à fait impossible, ma sœur, vous savez mieux que moi dans quelle condition physique vous vous trouvez. Sœur Consuelo soupira et resta silencieuse ; le docteur rangea dans une poche de sa blouse le stylo avec lequel il avait noté ses observations sur un bloc. Cette visite est-elle si importante pour vous ? demanda-t-il. Sœur Consuelo se borna à fermer les paupières ; une larme glissa le long de la cire blanche de ses joues fanées. Très bien, demain, s'il ne pleut pas, je vous accompagnerai moi-même à la maison Aixelá, dit le Dr Suñé, mais ne le racontez à personne, je ne veux pas créer un précédent. Cette nuit-là, sœur Consuelo demanda à Dieu qu'il ne pleuve pas et qu'il lui donne assez de forces jusqu'à ce que le bon médecin ait accompli sa promesse.

Le jour se leva, ensoleillé. Au milieu de la matinée, le Dr Suñé entra dans la chambre de sœur Consuelo ; au lieu de son habituelle blouse blanche il portait des vêtements de sport et une élégante veste de daim beige. Il tira de sa trousse un flacon et une seringue. Je vais vous enlever ces tuyaux et vous faire une piqûre, dit-il, vous en constaterez immédiatement les effets, mais ne vous faites pas d'illusions : ils ne dureront que quelques heures. Comme l'avait prévu le médecin, sœur Consuelo, en traversant le vestibule de la résidence, ressentit une étrange euphorie et l'envie lui vint de sauter et de danser, mais ses jambes lui permettaient tout juste de cheminer lentement au bras de son accompagnateur. Dans une salle mitoyenne, séparée du vestibule par une porte vitrée, plusieurs vieillards contemplaient bouche bée un programme d'interviews sur un téléviseur muet ; de la cuisine montait une vapeur chaude imprégnée d'une odeur de soupe qui lui donna des nausées. Ma voiture est là, dit le docteur en s'apercevant de sa défaillance. Une fois dans la voiture, il lui boucla sa ceinture de sécurité. Il est encore temps de renoncer, lui dit-il. Sœur Consuelo hocha la tête négativement, et le Dr Suñé mit le moteur en marche.

Il y avait peu de circulation et ils firent le trajet en quelques minutes. Des constructions récentes cachaient la propriété et sœur Consuelo fut surprise de se trouver tout à coup devant la vieille grille. Le mur et la clôture avaient été conservés et probablement restaurés récemment mais le jardin, vu de l'extérieur, présentait un aspect désolé. La propriété, expliqua le Dr Suñé, appartient à des particuliers qui ne l'occupent qu'en été et pour peu de jours ; le reste du temps, des gardiens se chargent de la protéger des voleurs et des vandales ; on a parlé un moment de la transformer en hôtel, puis en parc aquatique et enfin, dernièrement, en club de golf mais, comme vous voyez, tout est resté au stade des paroles. Il descendit de la voiture et, laissant la religieuse, se dirigea vers la grille pour appuyer à plusieurs reprises sur le bouton d'un interphone. On lui répondit et il eut, par le truchement de l'appareil, une brève conversation. De l'intérieur de la voiture, sœur Consuelo n'entendait pas ce qu'il disait. La grille s'ouvrit automatiquement. Hier soir, j'ai téléphoné pour annoncer notre visite, lui expliqua le médecin tout en manœuvrant pour franchir l'entrée, le gardien nous attend. Sœur Consuelo regardait à gauche et à droite, elle était troublée : elle ne savait pas si c'étaient les choses qui avaient changé, ou sa mémoire qui, au cours des ans, avait peu à peu dessiné un faux paysage. Tout paraît plus petit que dans mon souvenir, se dit-elle, et plus laid. La haie de bruyère qui poussait jadis le long du mur avait disparu, remplacée par des ronces et des orties ; l'allée qui serpentait entre les arbres avait également fait place à une avenue goudronnée, large et droite, qui conduisait à la maison sans détours ni mystères. Les arbres du jardin étaient morts ou avaient été taillés, et, sur leur terrain, il y avait un court de tennis entouré d'un haut grillage et des plate-bandes desséchées qui témoignaient de l'abandon auquel ses maîtres avaient condamné la propriété. La voiture s'arrêta sur l'esplanade qui s'étendait devant la maison et là, sans leur donner le temps de descendre, le gardien vint à leur rencontre. C'était un Sénégalais à l'air circonspect, qui parlait catalan avec un accent étranger prononcé, mais correctement et sans effort. Il salua poliment le docteur et dit qu'il avait téléphoné sans succès à Barcelone pour joindre les maîtres de la maison, vu qu'il ne pouvait prendre sur lui de les y laisser entrer sans autorisation. L'ancien propriétaire, expliqua-t-il, collectionnait des œuvres d'art et il restait encore quelques pièces de valeur à l'intérieur, ce qui faisait peser sur ses épaules une grande responsabilité, car l'actuel propriétaire avait donné des ordres très stricts dans ce sens ; en outre, la position vulnérable des travailleurs de couleur l'obligeait à multiplier les précautions. Je sais, docteur, que vous comme la dame qui vous accompagne êtes d'une honorabilité sans tache, ajouta-t-il, mais il peut toujours arriver qu'un objet soit endommagé de façon accidentelle, et alors, *hosti,* je préfère ne pas penser à ce qu'ils diraient. Le docteur s'apprêtait à discuter avec le scrupuleux gardien, mais sœur Consuelo l'en empêcha. Cela n'a pas d'importance, docteur, lui chuchota-t-elle à l'oreille, demandez-lui si le potager qui était derrière la maison existe toujours. Et comment, affirma le gardien, quand le médecin lui eut transmis la question, et il est superbe, c'est moi qui m'en occupe ; si vous voulez y aller, je n'y vois pas d'inconvénient, faites seulement attention à ne pas poser le pied là où il y a des semis.

Ils firent lentement le tour de la maison jusqu'à la galerie. Sur la colline, à l'endroit où jadis poussait la luzerne et s'étendaient les vignes, s'alignaient maintenant plusieurs douzaines de villas blanches à deux étages avec garage et jardin ; dans chaque jardin, séparé du voisin par un muret blanchi à la chaux, se dandinait un petit arbre flexible et déplumé. Un immense panneau annonçait l'inauguration de ce complexe résidentiel dont les villas, dotées du plus grand confort, étaient encore à vendre. Sœur Consuelo soupira. Vous êtes fatiguée, dit le Dr Suñé, retournons à la voiture. Non, non, allons jusqu'au potager, nous reviendrons ensuite, dit la religieuse avec fermeté. J'ai le devoir de veiller sur votre santé, commença le médecin, mais elle le coupa : je vous dispense de ce devoir. Ne dites pas d'âneries, grogna le médecin, je vous mènerai où vous voulez, mais si vous tombez et vous cassez un membre, je vous en casserai un autre, pour votre entêtement.

Le potager n'avait pas changé, et l'air sentait la terre mouillée et les légumes fraîchement arrachés. Une libellule zigzaguait et l'on entendait au loin coasser une grenouille. Le Dr Suñé et la malade s'arrêtèrent au bord du bassin. Sœur Consuelo contempla longuement l'eau et murmura : C'est ici que je voulais venir, maintenant nous pouvons partir. Je ne voudrais pas être indiscret, mais ne me direz-vous rien ? Sœur Consuelo sourit tristement. Excusez-moi, mais je ne peux pas vous révéler le mot de l'énigme ; je vous dirai seulement qu'il est lié à quelque chose qui m'est arrivé voici très longtemps, quand j'étais jeune ; à cette époque j'ai fréquenté cette maison et connu son ancien propriétaire, j'ai passé ici des moments que je juge aujourd'hui heureux et, puisque le sort m'a fait revenir à San Ubaldo, je n'ai pas voulu quitter ce monde sans revoir une dernière fois ce lieu. Elle demeura un moment pensive, en regardant l'eau, puis murmura : Me croirez-vous si je vous dis qu'un jour, j'ai envisagé très sérieusement de me jeter dans ce bassin ? Le médecin garda le silence et dit ensuite : Non, pour le peu que je connais de vous, je n'ai pas de mal à le croire ; puis-je vous demander pourquoi ? Pourquoi j'ai voulu me jeter dans le bassin, ou pourquoi je ne l'ai pas fait ? demanda sœur Consuelo. A laquelle des deux questions êtes-vous disposée à répondre ? dit-il. La religieuse sourit : A aucune. Le médecin sourit aussi ; était-ce l'effet de la lumière tamisée du potager ? L'âpreté qu'avaient imprimée sur le visage de la malade la douleur et la dévastation semblait avoir disparu, ses traits étaient plus doux et plus sereins. Il consulta sa montre. Allons, il se fait tard, dit-il.

Durant le trajet de retour, la religieuse demanda au docteur comment il connaissait la propriété, et celui-ci lui répondit que quelques années plus tôt, à l'époque où il venait d'entrer comme médecin à l'asile après avoir passé le concours correspondant, il s'y était rendu dans le but de soigner l'ancien propriétaire. C'était un vieux barbon du nom d'Augusto Aixelá de Collbató, dit-il, peut-être la même personne que celle que vous avez connue de votre temps. Sœur Consuelo répondit qu'il s'agissait en effet de la même personne et pria le médecin de poursuivre son récit, chose que fit le Dr Suñé : A l'époque où je l'ai rencontré, Augusto Aixelá vivait seul et dans des conditions véritablement affligeantes, car sa santé était mauvaise et il présentait clairement des symptômes de démence sénile ; sa situation économique n'était pas meilleure. Apparemment, il avait disposé d'une fortune considérable qu'il avait dilapidée de la manière la plus stupide. Mené par son caractère faible et libertin, il s'était entouré de faux amis, personnages douteux qui avaient abusé de sa confiance et l'avaient poussé à faire des affaires désastreuses. Les vices et les escroqueries avaient mangé peu à peu son héritage. A la fin, il ne lui est plus resté que la maison, avec le jardin et le potager, et encore grevée de diverses hypothèques. Il a résisté quelques années en vendant à vil prix sa superbe collection d'art, les meubles et les objets de valeur qui se trouvaient dans la maison, y compris une vaste galerie de portraits de famille, jusqu'au jour où, acculé par la misère, il lui a fallu abdiquer : bien à contrecœur, il a cédé ce qui lui restait pour le montant de sa dette et, n'ayant plus un centime, il est entré à la résidence des vieillards où il a survécu deux ans durant lesquels personne n'est venu lui rendre visite : il n'avait que des parents lointains avec lesquels il s'était brouillé et qu'il ne pouvait attirer par la perspective d'un fructueux héritage. Nous n'avons jamais eu de bons rapports, ajouta-t-il, Augusto Aixelá était un vieillard acariâtre, autoritaire et prétentieux ; il traitait mal les infirmières, simplement parce que celles-ci refusaient de se laisser peloter ; il passait son temps à envoyer des lettres à *La Vanguardia* pour se plaindre sans raison des conditions d'hygiène du centre, de la nourriture et du personnel ; il disait à qui voulait l'entendre qu'il avait droit à un traitement particulier car, avant d'en être réduit à ne plus pouvoir subvenir à ses besoins et à dépendre de la charité publique, il avait, en son temps, financé de ses propres deniers la rénovation de l'ancien Hôpital. Le Dr Suñé fit une pause et ajouta : Il disait aussi qu'il avait fait cette dépense pour plaire à une femme qu'il avait beaucoup aimée mais qui n'avait pas su répondre à son amour. En entendant cela, sœur Consuelo qui avait baissé les paupières et semblait s'être endormie, bercée par la voix du médecin, hocha la tête, sourit et dit : Il a toujours été un fieffé menteur.

10

Le lendemain de la visite à la maison Aixelá, le Dr Suñé trouva la malade dans un état d'extrême prostration. On dirait que nous avons brûlé hier notre dernière cartouche, ma sœur, lui dit-il, je me repens de m'être laissé convaincre. La religieuse lui sourit. Vous ne savez pas combien je vous suis reconnaissante de ce que vous avez fait pour moi, docteur. Elle se confessa, communia et reçut l'extrême-onction ; puis elle entra dans le coma. Avisée par la direction du centre, la famille, deux individus d'un âge avancé qui se présentèrent comme les frères de sœur Consuelo, arrivèrent le soir même, au moment où elle rendait le dernier soupir. Au Dr Suñé venu leur faire ses condoléances, ils dirent qu'il y avait des années qu'ils avaient cessé de voir leur sœur, depuis qu'enfant encore, elle avait abandonné la maison paternelle pour le noviciat ; en entrant en religion elle avait coupé tout lien avec la famille, dirent-ils ; depuis lors ils ne s'étaient rencontrés que quatre ou cinq fois, brièvement et toujours pour des affaires de succession. Voilà pourquoi, avouèrent-ils, la disparition de leur sœur ne les avait pas trop attristés. Malgré tout, pendant les funérailles, le plus jeune des frères ne put réprimer quelques sanglots et, au cimetière, ils étaient visiblement émus. Avant de partir, ils demandèrent si la maladie ou l'enterrement de leur sœur avaient occasionné des frais, auquel cas, dirent-ils, ils les rembourseraient. On leur répondit que non, que l'ordre religieux couvrait tous les frais, et cette réponse acheva de les plonger dans une grande affliction. Pauvre Constanza, dirent-ils, c'était notre sœur cadette, mais nous n'avons jamais rien pu faire pour elle, même aujourd'hui.

Ce soir-là, au moment où le Dr Suñé se disposait à rentrer chez lui, l'enterrement terminé, une infirmière lui remit une lettre qui, dit-elle, avait été trouvée dans la chambre de sœur Consuelo par l'équipe de nettoyage et de désinfection. Bien qu'il s'agît d'un objet personnel de la défunte, ajouta l'infirmière, la lettre était adressée au Dr Suñé et elle avait donc jugé préférable de la lui remettre sans en parler à la direction du centre ni à ses frères. Le Dr Suñé approuva cette décision et emporta la lettre chez lui où il se mit en devoir de la lire sans tarder. Elle était rédigée d'une main tremblante, pas toujours lisible, et disait ceci : Hier après-midi, dans le potager de la maison

Aixelá, vous avez montré une curiosité bien naturelle pour le motif qui m'avait obligée si impérieusement à visiter cette propriété *in articulo mortis*, pour ainsi dire, et je n'ai pas été capable de répondre avec sincérité à la générosité et la gentillesse dont vous avez fait preuve en accédant à ma demande. J'ai refusé en tout cas de vous raconter ce qui s'était passé là en certaine occasion, mue par une pudeur d'autant plus absurde aujourd'hui que je ne l'ai pas eue alors, quand j'aurais dû précisément l'avoir. Ce qui s'est passé, poursuivait la lettre, est très simple : là, il y a bien des années, j'ai perdu d'abord la tête et ensuite l'honneur entre les bras d'un homme pour l'amour duquel j'aurais abandonné la vie religieuse si Dieu n'avait pas dressé sur mon chemin Son inéluctable Volonté. La lettre écrite avec plus de hâte que de soin, sans doute sous l'empire de facultés déclinantes, disait encore : Cela s'est produit l'année du déluge : après une longue sécheresse les cieux se sont ouverts et de grandes pluies ont dévasté la région ; à Bassora des usines et des maisons ont été inondées, beaucoup de familles se sont retrouvées sans abri et plusieurs personnes ont perdu la vie dans la catastrophe, mais tout cela m'était égal, parce que la brise qui entrait dans le cabinet de travail apportait du jardin le parfum pur et joyeux des fleurs. Peut-être, ajoutait-elle, aurions-nous pu être heureux, si tous les éléments naturels, auxquels le hasard est venu ajouter une série d'événements inattendus et terribles, ne s'étaient pas conjurés pour nous perdre. Je ne suis pas allée cette nuit-là au rendez-vous comme je m'y étais engagée, parce que des épreuves sanglantes dont le souvenir me fait encore trembler m'on empêchée de répondre à ma promesse et à mon désir. Quand enfin je suis arrivée à la maison, c'était trop tard, il était parti. Le reste de ma vie a été un long et silencieux mensonge : depuis des années je continue à me réfugier dans le chaud souvenir de l'unique moment d'intimité qui m'ait été concédé en ce monde. Sans lui je ne sais comment j'aurais pu supporter une telle solitude. Maintenant est enfin venu le moment de rendre des comptes au Très-Haut et je l'affronte avec terreur ; j'ai confiance en Sa Miséricorde Infinie, mais je tremble en pensant à la rigueur de Sa Justice dont j'ai prétendu vainement me moquer pendant toutes ces années, confessant mille fois le péché mais jamais la faute, parce que je suis toujours là-bas, baignée par la tendre lumière de cet après-midi d'été, surprise et alanguie, indifférente à tout, même si je sais bien que cette insoumission arrogante et obstinée doit me damner. Les derniers paragraphes de la lettre, rédigés avec des forces de plus en plus affaiblies, étaient à peine compréhensibles. Certaines phrases ou certains fragments de phrase semblaient écrits d'une main plus ferme, mais leur sens demeurait obscur. La souffrance, le bonheur et la passion ne sont qu'un rêve, lisait-on au milieu d'un paragraphe, sans pouvoir lier cela au reste. Et un autre paragraphe, d'une écriture presque impossible à déchiffrer, semblait dire : J'ai toujours eu peur de l'éternité ; je me l'imagine comme quelque chose d'immense, peu propice aux retrouvailles ; s'il en est vraiment ainsi et que nous devions ne jamais nous revoir, je veux que tu saches, mon amour, que je t'ai toujours aimé et que je t'aimerai toujours. Ce témoignage incohérent et intemporel était encore suivi de quelques lignes couvertes de simples griffonnages, comme si la main qui les avait tracées avait continué à exécuter le geste mécanique de l'écriture alors que l'esprit qui la guidait avait déjà franchi les frontières de ce monde.

IMPRIMERIE B.C.I. À SAINT-AMAND (CHER)
DÉPÔT LÉGAL MARS 1995. N° 23834 (4/126)

Collection Points

DERNIERS TITRES PARUS

R325. Le Cri, *par Chochana Boukhobza*
R326. Femmes devant un paysage fluvial, *par Heinrich Böll*
R327. La Grotte, *par Georges Buis*
R328. Bar des flots noirs, *par Olivier Rolin*
R329. Le Stade de Wimbledon, *par Daniele Del Giudice*
R330. Le Bruit du temps, *par Ossip E. Mandelstam*
R331. La Diane rousse, *par Patrick Grainville*
R332. Les Éblouissements, *par Pierre Mertens*
R333. Talgo, *par Vassilis Alexakis*
R334. La Vie trop brève d'Edwin Mullhouse *par Steven Millhauser*
R335. Les Enfants pillards, *par Jean Cayrol*
R336. Les Mystères de Buenos Aires, *par Manuel Puig*
R337. Le Démon de l'oubli, *par Michel del Castillo*
R338. Christophe Colomb, *par Stephen Marlowe*
R339. Le Chevalier et la Reine, *par Christopher Frank*
R340. Autobiographie de tout le monde, *par Gertrude Stein*
R341. Archipel, *par Michel Rio*
R342. Texas, tome 1, *par James A. Michener*
R343. Texas, tome 2, *par James A. Michener*
R344. Loyola's blues, *par Erik Orsenna*
R345. L'Arbre aux trésors, légendes, *par Henri Gougaud*
R346. Les Enfants des morts, *par Henrich Böll*
R347. Les Cent Premières Années de Niño Cochise *par A. Kinney Griffith et Niño Cochise*
R348. Vente à la criée du lot 49, *par Thomas Pynchon*
R349. Confessions d'un enfant gâté *par Jacques-Pierre Amette*
R350. Boulevard des trahisons, *par Thomas Sanchez*
R351. L'Incendie, *par Mohammed Dib*
R352. Le Centaure, *par John Updike*
R353. Une fille cousue de fil blanc, *par Claire Gallois*
R354. L'Adieu aux champs, *par Rose Vincent*
R355. La Ratte, *par Günter Grass*
R356. Le Monde hallucinant, *par Reinaldo Arenas*
R357. L'Anniversaire, *par Mouloud Feraoun*
R358. Le Premier Jardin, *par Anne Hébert*

R359. L'Amant sans domicile fixe
par Carlo Fruttero et Franco Lucentini
R360. L'Atelier du peintre, *par Patrick Grainville*
R361. Le Train vert, *par Herbert Lieberman*
R362. Autopsie d'une étoile, *par Didier Decoin*
R363. Un joli coup de lune, *par Chester Himes*
R364. La Nuit sacrée, *par Tahar Ben Jelloun*
R365. Le Chasseur, *par Carlo Cassola*
R366. Mon père américain, *par Jean-Marc Roberts*
R367. Remise de peine, *par Patrick Modiano*
R368. Le Rêve du singe fou, *par Christopher Frank*
R369. Angelica, *par Bertrand Visage*
R370. Le Grand Homme, *par Claude Delarue*
R371. La Vie comme à Lausanne, *par Erik Orsenna*
R372. Une amie d'Angleterre, *par Anita Brookner*
R373. Norma ou l'exil infini, *par Emmanuel Roblès*
R374. Les Jungles pensives, *par Michel Rio*
R375. Les Plumes du pigeon, *par John Updike*
R376. L'Héritage Schirmer, *par Eric Ambler*
R377. Les Flamboyants, *par Patrick Grainville*
R378. L'Objet perdu de l'amour, *par Michel Braudeau*
R379. Le Boucher, *par Alina Reyes*
R380. Le Labyrinthe aux olives, *par Eduardo Mendoza*
R381. Les Pays lointains, *par Julien Green*
R382. L'Épopée du buveur d'eau, *par John Irving*
R383. L'Écrivain public, *par Tahar Ben Jelloun*
R385. Les Lèvres nues, *par France Huser*
R386. La Famille de Pascal Duarte, *par Camilo José Cela*
R387. Une enfance à l'eau bénite, *par Denise Bombardier*
R389. Tarabas, *par Joseph Roth*
R390. Replay, *par Ken Grimwood*
R391. Rabbit Boss, *par Thomas Sanchez*
R392. Aden Arabie, *par Paul Nizan*
R393. La Ferme, *par John Updike*
R394. L'Obscène Oiseau de la nuit, *par José Donoso*
R395. Un printemps d'Italie, *par Emmanuel Roblès*
R396. L'Année des méduses, *par Christopher Frank*
R397. Miss Missouri, *par Michel Boujut*
R398. Le Figuier, *par François Maspero*
R399. La Solitude du coureur de fond, *par Alan Sillitoe*
R402. La Croyance des voleurs, *par Michel Chaillou*
R403. Rock Springs, *par Richard Ford*
R404. L'Orange amère, *par Didier van Cauwelaert*

R405. Tara, *par Michel del Castillo*
R406. L'Homme à la vie inexplicable, *par Henri Gougaud*
R407. Le Beau Rôle, *par Louis Gardel*
R408. Le Messie de Stockholm, *par Cynthia Ozick*
R409. Les Exagérés, *par Jean- François Vilar*
R410. L'Objet du scandale, *par Robertson Davies*
R411. Berlin mercredi, *par François Weyergans*
R412. L'Inondation, *par Evguéni Zamiatine*
R413. Rentrez chez vous Bogner !, *par Heinrich Böll*
R414. Les Herbes amères, *par Chochana Boukhobza*
R415. Le Pianiste, *par Manuel Vázquez Montalbán*
R416. Une mort secrète, *par Richard Ford*
R417. La Journée d'un scrutateur, *par Italo Calvino*
R418. Collection de sable, *par Italo Calvino*
R419. Les Soleils des indépendances, *par Ahmadou Kourouma*
R420. Lacenaire (un film de Francis Girod) *par Georges Conchon*
R421. Œuvres pré-posthumes, *par Robert Musil*
R422. Merlin, *par Michel Rio*
R423. Charité, *par Éric Jourdan*
R424. Le Visiteur, *par György Konrad*
R425. Monsieur Adrien, *par Franz-Olivier Giesbert*
R426. Palinure de Mexico, *par Fernando Del Paso*
R427. L'Amour du prochain, *par Hugo Claus*
R428. L'Oublié, *par Elie Wiesel*
R429. Temps zéro, *par Italo Calvino*
R430. Les Comptoirs du Sud, *par Philippe Doumenc*
R431. Le Jeu des décapitations, *par Jose Lezama Lima*
R432. Tableaux d'une ex, *par Jean-Luc Benoziglio*
R433. Les Effrois de la glace et des ténèbres *par Christoph Ransmayr*
R434. Paris-Athènes, *par Vassilis Alexakis*
R435. La Porte de Brandebourg, *par Anita Brookner*
R436. Le Jardin à la dérive, *par Ida Fink*
R437. Malina, *par Ingeborg Bachmann*
R438. Moi, laminaire, *par Aimé Césaire*
R439. Histoire d'un idiot racontée par lui-même *par Félix de Azúa*
R440. La Résurrection des morts, *par Scott Spencer*
R441. La Caverne, *par Eugène Zamiatine*
R442. Le Manticore, *par Robertson Davies*
R443. Perdre, *par Pierre Mertens*
R444. La Rébellion, *par Joseph Roth*

R445. D'amour P. Q., *par Jacques Godbout*
R446. Un oiseau brûlé vif, *par Agustin Gomez-Arcos*
R447. Le Blues de Buddy Bolden, *par Michael Ondaatje*
R448. Étrange séduction (Un bonheur de rencontre) *par Ian McEwan*
R449. La Diable, *par Fay Weldon*
R450. L'Envie, *par Iouri Olecha*
R451. La Maison du Mesnil, *par Maurice Genevoix*
R452. La Joyeuse Bande d'Atzavara *par Manuel Vázquez Montalbán*
R453. Le Photographe et ses Modèles, *par John Hawkes*
R454. Rendez-vous sur la terre, *par Bertrand Visage*
R455. Les Aventures singulières du soldat Ivan Tchonkine *par Vladimir Voïnovitch*
R456. Départements et Territoires d'outre-mort *par Henri Gougaud*
R457. Vendredi des douleurs, *par Miguel Angel Asturias*
R458. L'Avortement, *par Richard Brautigan*
R459. Histoire du ciel, *par Jean Cayrol*
R460. Une prière pour Owen, *par John Irving*
R461. L'Orgie, la Neige, *par Patrick Grainville*
R462. Le Tueur et son ombre, *par Herbert Lieberman*
R463. Les Grosses Rêveuses, *par Paul Fournel*
R464. Un week-end dans le Michigan, *par Richard Fora*
R465. Les Marches du palais, *par David Shahar*
R466. Les hommes cruels ne courent pas les rues *par Katherine Pancol*
R467. La Vie exagérée de Martín Romaña *par Alfredo Bryce-Echenique*
R468. Les Étoiles du Sud, *par Julien Green*
R469. Aventures, *par Italo Calvino*
R470. Jour de silence à Tanger, *par Tahar Ben Jelloun*
R471. Sous le soleil jaguar, *par Italo Calvino*
R472. Les cyprès meurent en Italie, *par Michel del Castillo*
R473. Kilomètre zéro, *par Thomas Sanchez*
R474. Singulières Jeunes Filles, *par Henry James*
R475. Franny et Zooey, *par J. D. Salinger*
R476. Vaulascar, *par Michel Braudeau*
R477. La Vérité sur l'affaire Savolta, *par Eduardo Mendoza*
R478. Les Visiteurs du crépuscule, *par Eric Ambler*
R479. L'Ancienne Comédie, *par Jean-Claude Guillebaud*
R480. La Chasse au lézard, *par William Boyd*
R481. Les Yaquils, *suivi de* Ile déserte, *par Emmanuel Roblès*

R482. Proses éparses, *par Robert Musil*
R483. Le Loum, *par René-Victor Pilhes*
R484. La Fascination de l'étang, *par Virginia Woolf*
R485. Journaux de jeunesse, *par Rainer Maria Rilke*
R486. Tirano Banderas, *par Ramón del Valle-Inclán*
R487. Une trop bruyante solitude, *par Bohumil Hrabal*
R488. En attendant les barbares, *par J. M. Coetzee*
R489. Les Hauts-Quartiers, *par Paul Gadenne*
R490. Je lègue mon âme au diable
par Germán Castro Caycedo
R491. Le Monde des merveilles, *par Robertson Davies*
R492. Louve basse, *par Denis Roche*
R493. La Couleur du destin
par Carlo Fruttero et Franco Lucentini
R494. Poupée blonde
par Patrick Modiano, dessins de Pierre Le-Tan
R495. La Mort de Lohengrin, *par Heinrich Böll*
R496. L'Aïeul, *par Aris Fakinos*
R497. Le Héros des femmes, *par Adolfo Bioy Casares*
R498. 1492. Les Aventures de Juan Cabezón de Castille
par Homero Aridjis
R499. L'Angoisse du tigre, *par Jean-Marc Roberts*
R500. Les Yeux baissés, *par Tahar Ben Jelloun*
R501. L'Innocent, *par Ian McEwan*
R502. Les Passagers du Roissy-Express
par François Maspero
R503. Adieu à Berlin, *par Christopher Isherwood*
R504. Remèdes désespérés, *par Thomas Hardy*
R505. Le Larron qui ne croyait pas au ciel
par Miguel Angel Asturias
R506. Madame de Mauves, *par Henry James*
R507. L'Année de la mort de Ricardo Reis, *par José Saramago*
R508. Abattoir 5, *par Kurt Vonnegut*
R509. Comme je l'entends, *par John Cowper Powys*
R510. Madrapour, *par Robert Merle*
R511. Ménage à quatre, *par Manuel Vázquez Montalbán*
R512. Tremblement de cœur, *par Denise Bombardier*
R513. Monnè, Outrages et Défis, *par Ahmadou Kourouma*
R514. L'Ultime Alliance, *par Pierre Billon*
R515. Le Café des fous, *par Felipe Alfau*
R516. Morphine, *par Mikhaïl Boulgakov*
R517. Le Fou du tzar, *par Jaan Kross*
R518. Wolf et Doris, *par Martin Walser*

R519. La Course au mouton sauvage, *par Haruki Murakami*
R520. Adios Schéhérazade, *par Donald Westlake*
R521. Les Feux du Bengale, *par Amitav Ghosh*
R522. La Spéculation immobilière, *par Italo Calvino*
R523. L'homme qui parlait d'Octavia de Cadix
par Alfredo Bryce-Echenique
R524. V., *par Thomas Pynchon*
R525. Les Anges rebelles, *par Robertson Davies*
R526. Nouveaux Contes de Bustos Domecq
par Jorge Luis Borges et Adolfo Bioy Casares
R527. Josepha, *par Christopher Frank*
R528. L'Amour sorcier, *par Louise Erdrich*
R529. L'Europe mordue par un chien, *par Christophe Donner*
R530. Les hommes qui ont aimé Evelyn Cotton
par Frank Ronan
R531. Agadir, *par Mohammed Khaïr-Eddine*
R532. Brigitta, *par Adalbert Stifter*
R533. Lune de miel et d'or, *par David Shahar*
R534. Histoires de vertige, *par Julien Green*
R535. Voyage en France, *par Henry James*
R536. La Femme de chambre du Titanic, *par Didier Decoin*
R537. Le Grand Partir, *par Henri Gougaud*
R538. La Boîte noire, *par Jean-Luc Benoziglio*
R539. Le Prochain sur la liste, *par Dan Greenburg*
R540. Topkapi, *par Eric Ambler*
R541. Hôtel du lac, *par Anita Brookner*
R542. L'Aimé, *par Axel Gauvin*
R543. Vends maison, où je ne veux plus vivre
par Bohumil Hrabal
R544. Enquête sous la neige, *par Michael Malone*
R545. Sérénissime, *par Frédéric Vitoux*
R546. Fleurs de ruine, *par Patrick Modiano*
R547. Les Girls du City-Boum-Boum, *par Vassilis Alexakis*
R548. Les Rives du fleuve Bleu, *par Emmanuel Roblès*
R549. Le Complexe polonais, *par Tadeusz Konwicki*
R550. La Patte du scarabée, *par John Hawkes*
R551. Sale Histoire, *par Eric Ambler*
R552. Le Silence des pierres, *par Michel del Castillo*
R553. Une rencontre en Westphalie, *par Günter Grass*
R554. Ludo & Compagnie, *par Patrick Lapeyre*
R555. Les Calendes grecques, *par Dan Franck*
R556. Chaque homme dans sa nuit, *par Julien Green*
R557. Nous sommes au regret de..., *par Dino Buzzati*

R558. La Bête dans la jungle, *par Henry James*
R559. Nouvelles démesurées, *par Adolfo Bioy Casares*
R560. Sylvie et Bruno, *par Lewis Carroll*
R561. L'Homme de Kiev, *par Bernard Malamud*
R562. Le Brochet, *par Eric Ambler*
R563. Mon valet et moi, *par Hervé Guibert*
R564. Les Européens, *par Henry James*
R565. Le Royaume enchanté de l'amour, *par Max Brod*
R566. Le Fou noir *suivi de* Le poing fermé, *par Arrigo Boito*
R567. La Fin d'une époque, *par Evelyn Waugh*
R568. Franza, *par Ingeborg Bachmann*
R569. Les Noces dans la maison, *par Bohumil Hrabal*
R570. Journal, *par Jean-René Huguenin*
R571. Une saison ardente, *par Richard Ford*
R572. Le Dernier Été des Indiens, *par Robert Lalonde*
R573. Beatus Ille, *par Antonio Muñoz Molina*
R574. Les Révoltés de la « Bounty »
par Charles Nordhoff et James Norman Hall
R575. L'Expédition, *par Henri Gougaud*
R576. La Loi du capitaine, *par Mike Nicol*
R577. La Séparation, *par Dan Franck*
R578. Voyage autour de mon crâne, *par Frigyes Karinthy*
R579. Monsieur Pinocchio, *par Jean-Marc Roberts*
R580. Les Feux, *par Raymond Carver*
R581. Mémoires d'un vieux crocodile
par Tennessee Williams
R582. Patty Diphusa, la Vénus des lavabos
par Pedro Almodóvar
R583. Le Voyage de Hölderlin en France
par Jacques-Pierre Amette
R584. Les Noms, *par Don DeLillo*
R585. Le Châle, *par Cynthia Ozick*
R586. Contes d'amour de folie et de mort
par Horacio Quiroga
R587. Liberté pour les ours !, *par John Irving*
R588. Mr. Stone, *par V. S. Naipaul*
R589. Loin de la troupe, *par Heinrich Böll*
R590. Dieu et nous seuls pouvons, *par Michel Folco*
R591. La Route de San Giovanni, *par Italo Calvino*
R592. En la forêt de longue attente, *par Hella S. Haasse*
R593. Lewis Percy, *par Anita Brookner*
R594. L'Affaire D., *par Charles Dickens*
Carlo Fruttero et Franco Lucentini

R595. La Pianiste, *par Elfriede Jelinek*
R596. Un air de famille, *par Michael Ondaatje*
R597. L'Ile enchantée, *par Eduardo Mendoza*
R598. Vineland, *par Thomas Pynchon*
R599. Jolie, la fille !, *par André Dubus*
R600. Le Troisième Mensonge, *par Agota Kristof*
R601. American Psycho, *par Bret Easton Ellis*
R602. Le Déménagement, *par Jean Cayrol*
R603. Arrêt de jeu, *par Dan Kavanagh*
R605. La Belle Affaire, *par T. C. Boyle*
R606. La Rivière du sixième jour
par Norman Maclean
R607. Le Tarbouche, *par Robert Solé*
R608. Leurs mains sont bleues, *par Paul Bowles*
R609. Une femme en soi, *par Michel del Castillo*
R610. Le Parapluie jaune, *par Elsa Lewin*
R611. L'Amateur, *par André Balland*
R612. Le Suspect, *par L. R. Wright*
R613. Le Tueur des abattoirs, *par Manuel Vázquez Montalbán*
R614. Mémoires du Capitán Alonso de Contreras
par Alonso de Contreras
R615. Colère, *par Patrick Grainville*
R616. Le Livre de John, *par Michel Braudeau*
R617. Faux Pas, *par Michel Rio*
R618. Quelqu'unbis est mort, *par Jean-Luc Benoziglio*
R619. La Vie quelque part, *par Anita Brookner*
R620. Iblis ou la Défroque du serpent
par Armande Gobry-Valle
R621. Fin de mission, *par Heinrich Böll*
R622. Les Mains vides, *par Maurice Genevoix*
R623. Un amour de chat, *par Frédéric Vitoux*
R624. Johnny s'en va-t-en guerre, *par Dalton Trumbo*
R625. La Remontée des cendres, *par Tahar Ben Jelloun*
R626. L'Enfant chargé de songes, *par Anne Hébert*
R627. L'Homme sans postérité, *par Adalbert Stifter*
R628. La Terre et le Sang, *par Mouloud Feraoun*
R629. Le Cimetière des fous, *par Dan Franck*
R630. Cytomégalovirus, *par Hervé Guibert*
R631. La Maison Pouchkine, *par Andreï Bitov*
R632. La Mémoire brûlée, *par Jean-Noël Pancrazi*
R633. Le taxi mène l'enquête, *par Sam Reaves*
R634. Les Sept Fous, *par Roberto Arlt*
R635. La Colline rouge, *par France Huser*

R636. Les Athlètes dans leur tête, *par Paul Fournel*
R637. San Camilo 1936, *par Camilo José Cela*
R638. Galíndez, *par Manuel Vázquez Montalbán*
R639. China Lake, *par Anthony Hyde*
R640. Tlacuilo, *par Michel Rio*
R641. L'Élève, *par Henry James*
R642. Aden, *par Anne-Marie Garat*
R643. L'Ange aveugle, *par Tahar Ben Jelloun*
R644. Dis-moi qui tuer, *par V. S. Naipaul*
R645. L'Arbre d'amour et de sagesse, *par Henri Gougaud*
R646. L'Étrange Histoire de Sir Hugo et de son valet Fledge *par Patrick McGrath*
R647. L'Herbe des ruines, *par Emmanuel Roblès*
R648. La Première Femme, *par Nedim Gürsel*
R649. Les Exclus, *par Elfriede Jelinek*
R650. Providence, *par Anita Brookner*
R651. Les Nouvelles Mille et Une Nuits, vol. 1 *par Robert Louis Stevenson*
R652. Les Nouvelles Mille et Une Nuits, vol. 2 *par Robert Louis Stevenson*
R653. Les Nouvelles Mille et Une Nuits, vol. 3 *par Robert Louis Stevenson*
R654. 1492. Mémoires du Nouveau Monde *par Homero Aridjis*
R655. Lettres à Doubenka, *par Bohumil Hrabal*
R656. Le Vieux qui lisait des romans d'amour *par Luis Sepúlveda*
R657. Cassandra, *par John Hawkes*
R658. La Fin des temps, *par Haruki Murakami*
R659. Mémoires d'un nomade, *par Paul Bowles*
R660. La Femme du boucher, *par Li Ang*
R661. Anaconda, *par Horacio Quiroga*
R662. Le Polygone étoilé, *par Kateb Yacine*
R663. Je ferai comme si je n'étais pas là *par Christopher Frank*
R664. Le Divin Enfant, *par Pascal Bruckner*
R665. Un homme remarquable, *par Robertson Davies*
R666. Une sécheresse à Paris, *par Alain Chany*
R667. Charles et Camille, *par Frédéric Vitoux*
R668. Les Quatre Fils du Dr March, *par Brigitte Aubert*
R669. 33 Jours, *par Léon Werth*
R670. La Mort à Veracruz, *par Héctor Aguilar Camín*
R671. Le Bâtard de Palerme, *par Luigi Natoli*

R672. L'Ile du lézard vert, *par Eduardo Manet*
R673. Juges et Assassins, *par Michael Malone*
R674. L'Enfant de Port-Royal, *par Rose Vincent*
R675. Amour et Ordures, *par Ivan Klíma*
R676. Rue de la Cloche, *par Serge Quadruppani*
R677. Les Dunes de Tottori, *par Kyotaro Nishimura*
R678. Lucioles, *par Shiva Naipaul*
R679. Tout fout le camp !, *par Dan Kavanagh*
R680. Les Sept Solitudes de Lorsa Lopez
par Sony Labou Tansi
R681. Le Bout du rouleau, *par Richard Ford*
R682. Hygiène de l'assassin, *par Amélie Nothomb*
R683. Le Crime des pères, *par Michel del Castillo*
R684. Les Adieux, *par Dan Franck*
R686. Annam, *par Christophe Bataille*
R687. L'Homme de la passerelle, *par Isabelle Jarry*
R688. Bambini, *par Bertrand Visage*
R689. Nom de code : Siro, *par David Ignatius*
R690. Paradis, *par Philippe Sollers*
R691. Le Quinconce, vol. 1, *par Charles Palliser*
R692. Le Quinconce, vol. 2, *par Charles Palliser*
R693. Rituels, *par Cees Nooteboom*
R694. Félidés, *par Akif Pirinçci*
R695. Le Trouveur de feu, *par Henri Gougaud*
R696. Dumala, *par Eduard von Keyserling*
P1. Cent Ans de solitude, *par Gabriel García Márquez*
P2. Le Chevalier inexistant, *par Italo Calvino*
P3. L'Homme sans qualités, tome 1, *par Robert Musil*
P3. L'Homme sans qualités, tome 2, *par Robert Musil*
P5. Le Monde selon Garp, *par John Irving*
P6. Les Désarrois de l'élève Törless
par Robert Musil
P7. L'Enfant de sable, *par Tahar Ben Jelloun*
P8. La Marche de Radetzky, *par Joseph Roth*
P9. Trois Femmes *suivi de* Noces, *par Robert Musil*
P10. Un Anglais sous les tropiques, *par William Boyd*
P11. Grand Amour, *par Erik Orsenna*
P12. L'Invention du monde, *par Olivier Rolin*
P13. Rastelli raconte..., *par Walter Benjamin*
P14. Ce qu'a vu le vent d'ouest, *par Fruttero & Lucentini*
P15. L'Appel du crapaud, *par Günter Grass*
P16. L'Appât, *par Morgan Sportès*
P17. L'Honneur de Saint-Arnaud, *par François Maspero*

P18. L'Héritage empoisonné, *par Paul Levine*
P19. Les Égouts de Los Angeles, *par Michael Connelly*
P20. L'Anglais saugrenu, *par Jean-Loup Chiflet*
P21. Jacques Chirac, *par Franz-Olivier Giesbert*
P22. Questions d'adolescents, *par Christian Spitz*
P23. Les Progrès du progrès, *par Philippe Meyer*
P24. Le Paradis des orages, *par Patrick Grainville*
P25. La Rage au cœur, *par Gérard Guégan*
P26. L'Homme flambé, *par Michael Ondaatje*
P27. Ça n'est pas pour me vanter, *par Philippe Meyer*
P28. Notre homme, *par Louis Gardel*
P29. Mort en hiver, *par L. R. Wright*
P30. L'Exposition coloniale, *par Erik Orsenna*
P31. La Dame du soir, *par Dan Franck*
P32. Le Monde au bout du monde, *par Luis Sepúlveda*
P33. Brazzaville Plage, *par William Boyd*
P34. Les Nouvelles Confessions, *par William Boyd*
P35. Comme neige au soleil, *par William Boyd*
P36. Hautes Trahisons, *par Félix de Azúa*
P37. Dans la cage, *par Henry James*
P38. L'Année du déluge, *par Eduardo Mendoza*
P39. Pluie et Vent sur Télumée Miracle
par Simone Schwarz-Bart
P40. Paroles malvenues, *par Paul Bowles*
P41. Le Grand Cahier, *par Agota Kristof*
P42. La Preuve, *par Agota Kristof*
P43. La Petite Ville où le temps s'arrêta
par Bohumil Hrabal
P44. Le Tunnel, *par Ernesto Sabato*
P45. La Galère : jeunes en survie, *par François Dubet*
P46. La Ville des prodiges, *par Eduardo Mendoza*
P47. Le Principe d'incertitude, *par Michel Rio*
P48. Tapie, l'homme d'affaires
par Christophe Bouchet
P49. L'Homme Freud, *par Lydia Flem*
P50. La Décennie Mitterrand
1. Les ruptures
par Pierre Favier et Michel Martin-Roland
P51. La Décennie Mitterrand
2. Les épreuves
par Pierre Favier et Michel Martin-Roland
P52. Dar Baroud, *par Louis Gardel*
P53. Vu de l'extérieur, *par Katherine Pancol*